轉生成自動販賣機的我 今天也在迷宮徘徊 01

Kadokawa Fantastic Novels

插畫／加藤いつわ

序章

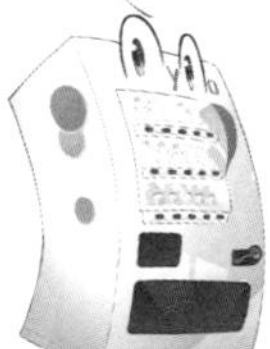

在幾名橫眉豎目的男子團團包圍之下，就快被拖進暗巷裡頭而身陷危機的本小姐，眼前突然颳起了一陣風。

「咕嘎啊啊！」

男人粗野的慘叫聲和清脆的撞擊聲一起傳來，但這些現在都無所謂了。

「混蛋，妳幹什麼啊！」

「像大叔你們這種看起來一臉凶狠的人，把弱女子強拉到昏暗的地方，可是犯罪行為喔。」

就算被兩名體格壯碩的男子怒目相視，依然帶著若無其事的表情訓斥他們的——是一個嬌小的少女。她穿著皮甲和短褲，一頭金髮紮成了單邊馬尾。

她的年齡看起來應該在十五歲上下吧。因為穿著皮甲，所以大概是一名獵人。可是，想單挑這些凶神惡煞，實在是太亂來了。更何況——

「一身奇妙的打扮，還自以為是地這樣放話啊。敢對我們的同伴出手，就代表妳已經做好該有的心理準備了吧？」

沒錯。一如男子所言，這個少女的打扮很奇妙，或說是很怪異。穿在身上的服裝雖然沒什麼問題，但不知為何，她的背後揹著一個類似巨大鐵箱的東西。

這個少女像是要保護本小姐般阻擋在男子集團的前方。因此，本小姐是直接面對她的背後，她揹著的鐵箱也跟著映入眼簾。

這是什麼呀？以白色為底色的箱子，上半部鑲嵌了一片玻璃板，玻璃後方還並排著許許多多沒看過的東西……呃……這到底是什麼？因為父親大人的工作內容，本小姐看過不少古今中外的稀有魔法道具，但這樣的東西還是初次目睹。

畫著山脈圖樣、看似透明瓶子的物體，還有看起來像個小筒子，外頭卻畫著黃色濃湯的物體。其他還有畫上水果繪畫的……啊……這真的是畫出來的嗎？看起來就像真的一樣呢。應該是出自相當優秀的畫家的作品吧。

本小姐愈來愈不明白這個鐵箱究竟是什麼東西了，然而也無法繼續觀察下去。因為揹著它的少女開始做出激烈的動作，然後從本小姐的視野之中消失。

生著一張可愛臉蛋的她，似乎完全不把揹在背上的鐵箱當一回事。她迅速竄到一名男子面前，朝他揮出拳頭。

儘管看起來只是輕觸對方肩頭的動作，男子卻像顆陀螺般旋轉著飛到半空中！

咦，她應該沒有這麼用力揮拳吧？應該說，那種虎背熊腰的男人，怎麼可能被這個體型嬌小的少女打飛呢？

因為眼前的光景實在難以置信，本小姐試著在腦中否定自己所見的現實。結果，突然有一道陌生的男聲傳來。

「如果中獎就能再來一瓶！」

咦，是誰在說話？「如果中獎就能再來一瓶」是什麼意思？

「在後面嗎！」

男子的其中一名同伙悄悄溜到少女的身後，結果後者隨即轉身使出一記迴旋踢。

揹著那樣的鐵箱，怎麼還會知道有人企圖從背後攻擊她？

「謝謝你，阿箱。」

「歡迎光臨。」

阿箱是誰？剛才那句「歡迎光臨」又是怎樣？

總覺得剛才的聲音好像來自這個鐵箱，但應該不可能吧。被少女揹在身後的鐵箱，隨著她的動作不停劇烈搖晃。要是裡頭有人，絕對會呈現很悽慘的狀態。

在少女輕鬆撂倒所有男人後，本小姐朝她走近，用手扶著拉得很低的帽子，然後朝她一鞠躬。

「非常感謝妳。」

「妳還好嗎？有沒有受傷？」

「不，毫髮無傷喲。那個，能否請問妳的名字……」

儘管看起來有點奇怪，但本小姐可不能放過和這名身手矯健的少女接近的機會。她想必是某位赫赫有名的獵人吧。

「噢，我叫做拉蜜絲。」

「拉蜜絲大人是嗎？我會謹記——」

「然後啊，這孩子叫做阿箱。」

嗯？哪個孩子？現在待在這裡的人，就只有本小姐、拉蜜絲大人，以及倒臥在腳邊的無數個流氓而已吧？沒有其他人在啊。

「呃……不好意思，沒看到那位叫做阿箱先生的人耶？」

「啊，抱歉、抱歉。這樣說妳也聽不懂嘛。嘿咻……」

拉蜜絲大人卸下背後的鐵箱，將它放在自己身旁，並伸出一隻手朝向鐵箱表示：

「這個魔法道具就是阿箱。」

「歡迎光臨。」

「呃？」

咦，她在說什麼？等……等等，先冷靜下來。給自己愛用的武器取名字的獵人並不罕見，這

個鐵箱想必也是這類的……可是，它剛剛說話了對吧？

「請……請問，這個阿箱……先生……剛才好像說話了耶？」

「嗯，對啊。阿箱是會說話的魔法道具喔。雖然只能說固定的台詞就是了。」

「原……原來是這樣呀，好厲害喲！」

倘若拉蜜絲大人說的都是真的，這個魔法道具一定相當值錢。就算本小姐隱瞞身分外出散心的計畫失敗了，還被剛才那種流氓纏上，但只要有這個，就能把這些失誤一筆勾銷，還能反過來替自己加分。

「很厲害對吧～不過，不只是這樣呢。阿箱還能變出美味的食物或飲料喔！」

「呃……」

「啊，妳不相信對不對？畢竟口說無憑嘛。那我先使用一次給妳看好了。這個商品的下方有一行數字對吧？這個數字就是商品的售價。所以，我現在要把一枚銀幣從這裡投進去。」

上頭確實寫著類似售價的數字，但一枚銀幣的售價設定，還真是不便宜呢。不過，這樣的鐵箱真的會跟人做生意嗎……

「接著，按下想買的商品下面這塊凸起來的地方。然後呢～」

一陣物體落地的碰撞聲傳來之後，拉蜜絲大人蹲下，將手伸進鐵箱下半部摸索。

「就能像這樣拿到商品嘍。」

哇！拉蜜絲大人手中的那個東西，真的和展示在玻璃後方的商品長得一模一樣呢。咦，原來是真的嗎？這個魔法道具想必價值不菲。

「請……請問，也能讓本小……讓我購買它的商品嗎？」

「嗯嗯，請便、請便。」

拉蜜絲大人朝旁邊退開。本小姐取而代之地走到鐵箱前方時，它發出「歡迎光臨」的聲音。

「呃……先投錢，然後要選哪個呢……那麼，就買這個有水果圖案的吧。」

本小姐選了畫著看起來甜美多汁的柑橘類水果的商品。聽到鐵箱下方那個細長的孔傳來碰撞聲，本小姐戰戰兢兢地將手探入裡頭。

「噫嗚！好冰喲。」

「嗯，冷飲會冰鎮得透心涼，熱飲則是暖呼呼的喔。」

竟然能提供冰涼的飲品，這個箱子到底有著什麼樣的構造？這個容器雖然很堅硬，但如果用力按壓，就會有點凹陷呢。是把鐵塊打成薄片做成的嗎？

這商品的開口應該在上方吧？因為它像瓶子那樣有細細的瓶頸呢。如果是跟瓶子相同的設計，只要把最上面的蓋子轉開就好了吧？

喀喳一聲轉開蓋子後，一股清爽的香氣竄進鼻腔。

「啊！好香喲。」

考慮到裡頭也有可能摻了可疑的藥物，本小姐只啜飲了足以潤喉的一小口。

「咦！好……好好喝！」

除了柑橘類的酸味以外，還有一種恰到好處的甜美從舌尖擴散。沁涼的口感也令人十分舒暢。又喝了一大口之後，冰涼的感覺彷彿在整個身體蔓延開來，讓本小姐不禁「呼～～」地吐出一口氣。

「看來妳很中意呢。」

啊，本小姐全都喝光了。能提供美味的商品、又會說話的魔法道具。而且，它的身體裡想必已經裝滿客人投入的大量硬幣了吧。這可是不為人知的稀世珍寶。本小姐絕對要得到它。

「是的，我大受感動。啊！我還沒為了被妳搭救一事表達謝意呢。寒舍就在這前面，能不能請妳過來坐一下呢？」

「妳不用在意這種事啦。」

「不不不，要是沒好好感謝自己的恩人，我父母可會生氣呢。就當是幫我一個忙，請妳務必光臨寒舍！」

儘管本小姐試著這樣挽留她，但拉蜜絲大人似乎是在工作途中，所以拒絕我了。

「大小姐、大小姐！您在哪裡啊！」

看來，時間也差不多了。獵人拉蜜絲大人、魔法道具阿箱，本小姐牢牢記住你們了。

狂熱者逝去

我很喜歡自動販賣機——你問有多喜歡？

就算錢包裡只剩下一千圓，而且還是得用這一千圓度過一整個星期的狀態，如果看到自動販賣機裡出現了沒看過的商品，我還是會毫不猶豫地掏錢買下。大概就是這麼喜歡吧。

你說這應該是喜歡自動販賣機的商品，而不是喜歡自動販賣機本體？

不不不，我兩者都喜歡喔。我喜歡自動販賣機的造形設計，更何況，這個箱子裡頭還塞滿了各式各樣充滿魅力的商品。對我來說，簡直和寶箱沒兩樣呢。

從未喝過、看起來明顯是地雷口味的碳酸飲料。讓人忍不住想吐嘈「這種東西不能加熱吧」的熱飲。要是我當下沒有買，它們可能就會在一個月後消失無蹤。既然這樣，就只能買了嘛。

不只是飲品。餅乾類的零食、麵包，甚至還有能自動加熱的冷凍食品。

當然，除了食品以外，從文具、衣服、襪子到成人用品，自動販賣機可說是一應俱全。若有人說不會被它吸引，絕對是騙人的。

因為實在是太喜歡古今中外的各種自動販賣機，我還曾經為了尋找在網路上看到的罕見自動販賣機而踏上旅途。那次的旅行真的是太棒了。我瘋狂拍攝的大量照片，日後都好好保存在電腦的珍藏資料夾裡。

這樣的我，死因是被自動販賣機活活壓死。從某方面看來，這或許也是一種必然吧。

那台等待設置的自動販賣機，就放在某輛小貨車的載貨台上。小貨車跟一輛突然從彎道衝出來的汽車發生擦撞後，自動販賣機便朝我飛了過來。

現在想想，倘若我當時竭盡全力閃開的話，或許還能活命也說不定。然而，被那台有著全新設計、美觀外型的自動販賣機徹底吸引的我，一心只想著必須保護它，所以企圖在它落地之前接住。

據說，光是尚未填充商品的自動販賣機，便有四百公斤上下的重量。在填充商品後，更會到達超過八百公斤的程度。擁有這種驚人重量的鐵塊從半空中墜落的話，人類真能夠用肉身接下它嗎？

答案是——看到被活活壓死的我，應該也能明白了吧。

就這樣，身為自動販賣機狂熱者，我成功實現了就某方面而言求之不得的死法。

◆

這故事原本應該就此結束才對。然而，我的故事卻還有後續。

擁著鋼鐵的冰冷觸感而陷入永眠的我，突然清醒了過來。

除了自己還活著的安心感，我同時想起原本打算用身體接住的那台自動販賣機，擔心它是否仍然完好。不過，似乎是我多慮了。

你問為什麼？就算不情願，答案也馬上就會揭曉。

我佇立在一個陌生的湖畔。身體無法動彈，也發不出聲音，甚至沒有任何感覺，就只是杵在這裡。

面對這種莫名其妙的狀況，我企圖放聲大喊，但從口中迸出的卻是——

「歡迎光臨。」

完全出乎意料的一句台詞。我不禁開始懷疑自己的腦袋是否正常，並猜想那可能是來自別人的聲音。然而，我有自己說出這句話的自覺。

我試著冷靜下來，然後再次發聲。

「謝謝惠顧。」

嗓音清晰，語氣也很活潑。雖然是自己的聲音，但我還是有某種異樣感。更何況，我並沒有打算說出這樣的台詞啊。可是，只要嘗試發出聲音，我就自然而然地說出了剛才那些話。

這次一定要集中精神再開口。

「期待您下一次的光臨。」

接著是——

「如果中獎就能再來一瓶！」

然後是——

「太可惜了。」

最後是——

「中大獎了！」

我對這幾句台詞有印象。因為我至今已經聽過好幾次了，所以絕對錯不了。跟我喜歡的廠商的自動販賣機買東西時，能夠聽到這幾句話。

不，應該不至於啦。再怎麼說，這都太荒唐了。就算喜歡自動販賣機到無可救藥的程度，也不可能在死後轉生成一台自動販賣機……對吧？

因為，我還是能看見眼前這片寬廣的景色啊。

無邊無際的晴空中散落著朵朵白雲，前方則是一片巨大的湖泊。看來我似乎是佇立在湖畔。將視線往下，也能看見自己的身影倒映在湖面上。

潔白又方正的這個立方體身軀，兼具了高雅和機能美，是無可挑剔的造型。擦拭得一塵不染的玻璃後方，有著整齊排列的礦泉水瓶，以及比較迷你的鐵鋁瓶玉米濃湯，呈現出一種經過精密運算、可說是黃金比例的美感。另外，為了協助人們度過酷熱與嚴寒的天氣，還有分成冷飲區和熱飲區的雙重貼心對應。

再加上迷你瓶裝飲料一百圓、一般瓶裝飲料一百三十圓的佛心售價。無論怎麼看，這都是完美的……一台自動販賣機！

咦咦咦咦咦咦！騙人的吧！這怎麼可能啊！在死後轉生成自動販賣機，簡直糟糕透頂……不，好像也不會呢。能夠轉生成自己生前最喜歡的東西，難道是神明垂憐我嗎？

呃，不，可是～就算是愛車的人，也不會想變成一輛車子吧。啊，不過，還在念幼稚園的時候，我有個朋友明確斷言「我長大之後要當警車！」呢。不知道他實現夢想了沒有？

既然已經變成一台自動販賣機，那也沒辦法了——我現在只能這麼想。老實說，我其實覺得這樣也不算太壞。這就是狂熱者的可悲之處。

反正，就算大哭大鬧，現況也不會有任何改變吧。儘管無法認同，但我也只能接受這樣的現實。為了將胸口鬱悶的感覺全部一吐為快，我重重呼出一口氣。

「中大獎了！」

閉嘴啦我。

看樣子，只要我試著發出聲音，自動販賣機就會播放出語音系統預錄的台詞。試了幾次之後，我終於搞清楚自己能說哪些話了。

「歡迎光臨」、「謝謝惠顧」、「期待您下一次的光臨」、「如果中獎就能再來一瓶」、「太可惜了」、「中大獎了」、「請投入硬幣」。

似乎只有這幾句。雖然比完全無法說話要來得好一點，但這樣看來，我也無法和別人對話了吧。就算有人經過，看到不停重複這幾句話的自動販賣機，換做是我的話，一定會拔腿就跑。

姑且先放棄對話行為，還有沒有其他我能做到的事情呢？身為一台自動販賣機，能夠做的就是……販賣商品嗎？但現在沒有半個客人，所以也無計可施。

這麼說來這裡一個人也沒有耶，銷售沒問題嗎？

就算這裡是極為偏僻的地方，應該多少也會有人路過。而且，我不認為自動販賣機會被設置在容易讓商品滯銷的地點。

這裡看起來有點像是觀光景點呢。說不定湖畔會有別墅。就算沒有客人，也會有廠商的技術人員過來檢查自動販賣機的運作狀態，或是更換商品吧。

為了充分運用有朝一日和他人對話的機會，我試著摸索自己是否還做得到其他事情。

首先，如果能移動這個軀體，那是最理想的。然而，打從剛才開始，無論嘗試了多少次，我都還是在原地一動也不動。不過，要是自動販賣機長出手腳，然後能自由自在地行動的話，倒也滿可怕的。

還有其他能做的事情嗎……剛才，我透過自己的意志，讓自動販賣機內建的語音系統播放台詞。也就是說，在某種程度上，我好像能以自身的意志來操作自動販賣機的功能。

說到自動販賣機能做的事情，就是在客人投入硬幣後提供商品。就只是這樣呢。在沒人投錢的情況下，不知道能不能給出商品……既然也沒有其他事情能做，不如就來試試看好了。

首先，從理解自己的身體開始。呃，就試著承認我不是人類，而是一台自動販賣機吧。我的肌肉、骨骼和內臟，大概就是零件、電路和商品。聲音則是語音系統預錄的人聲。沒有雙手和雙腳。

我好像慢慢建立起身為一台自動販賣機的自覺了……吧？

接受眼前的現實，然後冷靜判斷現況。時而懷著滿腔熱血，採取大膽的行動。

沒錯，就像是分成冷飲和熱飲的飲品……雖然我也覺得這番言論意義不明，但現在就這麼想吧。

我是一台自動販賣機。人類能透過自我意志，隨心所欲地讓身體動作。那麼，身為自動販賣機的我，豈有不透過自我意志來操控性能的理由呢？

相信它，然後變成它。我就是自動販賣機。快點理解自己的身體吧！

《自動販賣機》

（冰）　礦泉水　　１３０圓（１００瓶）
（熱）　玉米濃湯　１００圓（１００瓶）
ＰＴ　１０００
〈功能〉保冷　保溫

咦！我的腦中突然……不對，我應該沒有腦呢。總之，這些文字和數字浮現在我的頭裡。

嗯～這就是存放在我體內的飲料種類吧。只有兩種商品，感覺有點冷清，但還好不是什麼奇怪的飲料。不管怎麼說，礦泉水都是很強大的呢。

冬天的瓶裝玉米濃湯也很美味。對了，能不能知道是哪個廠商的商品啊？

下一刻，說明文字唐突地再次浮現。

呃……礦泉水製造商的名字一字排開了。有眾所皆知的廠牌，也有比較沒人知道的廠牌。不過，這些廠牌我都知道，他們生產的礦泉水我也全都喝過就是了。

目前預設的販賣品牌，是那個最常見的礦泉水牌子啊。這個可以變更嗎？

《如欲變更販賣品項，需消耗點數。》

怎麼，這次只有說明文字浮現？點數是什麼？是那個嗎，顯示在玉米濃湯之後的那個ＰＴ？這樣的話，該怎麼使用？呃……能不能操作浮現在我的頭部的顯示內容啊？既然沒有手腳，就用看不見的某種力量去操作……有辦法透過這種曖昧的感覺來行動嗎？

《消耗十點來變更商品製造商。》

真的有辦法耶。在腦中想像將滑鼠游標移到「ＰＴ」上方的動作後，我順利成功了。繼續在腦中想像按下滑鼠左鍵的動作後，眼前就浮現了這行文字。咦？那麼，如果按右鍵，又會怎麼樣呢？

《點數由金錢轉換而成。可透過消耗點數的動作，來補充或變更販售商品，或是追加功能。每小時會消耗一點，以取代讓本體運作的電力。》

喔，說明文跑出來了。這還真方便呢。既然這樣，我就來把自己的身體從頭到腳徹底調查個一遍吧。

自動販賣機的身體

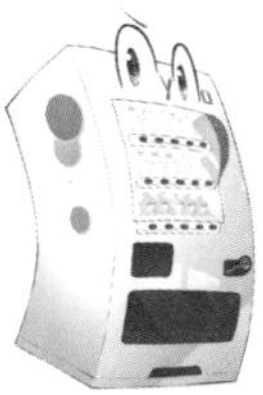

完成情報收集後，我了解到如下的事項。

所謂的ＰＴ就是點數。透過消耗點數，似乎就能補充、變更販售商品，甚至能改變自動販賣機本身的功能。

而追加功能也不只有冰鎮或加熱飲料而已。好像還能替冷凍食品加熱，或是為杯麵注入熱水等等。說明內容很多，所以我只有大略看過前面的部分。

依序確認過追加功能的內容之後，我打算來看看自己能變更的商品種類，卻發現並排出來的商品數量多到嚇人。把這些商品全數瀏覽過一次之後，我發現自己生前曾透過自動販賣機購買過的東西，似乎都能夠用點數取得。

於是，我嘗試以點數交換冷飲類別裡的奶茶。消耗十ＰＴ之後，我得到了（冰）奶茶（一百瓶）。看著獨占冷飲區的瓶裝礦泉水大軍，我將最右邊的礦泉水換成了奶茶。因為還可以自己設定售價，所以我便設定成一百圓。

順帶一提，一百圓好像能兌換成一點。呃，難道我採用的是自行以銷售額來補充商品的系統？該怎麼說呢……好像跟一般的自動販賣機相差甚遠耶。

對了對了，說到奇怪的地方，在好好確認過這個身體之後，我才知道自己並非靠電力維持運作。說明內容中有提到，我的身體是以消耗點數的方式來取代電力。一小時會消耗一點，所以一天要花掉二十四點。也就是說，一天要花掉兩千四百圓嗎？

我剩下的點數還有九百多點，應該足以讓自己運作一整個月。不過，還是得避免無謂地浪費點數才行。在銷售額穩定下來之前，可不能隨便冒險。

其實呢，我會像這樣鑽研各種相關資訊，是有理由的。因為太閒了。在變成自動販賣機之後，已經過了整整兩天，但我卻不曾看過任何人出現。仔細一看，我發現自己是被設置在沒有鋪設步道的湖畔。難怪沒有人來這裡呢。

難道……我會一輩子都無法看到客人上門，就這樣停止運作？拜託不要是這種結局啊。

嗯……嗯～還是來確認一下追加功能好了。有沒有能夠長出輪胎、然後自己行走的功能啊？不管怎麼看，這個地點都不理想嘛。我想移動到人更多的地方。

呃，功能、功能……如果有內建微波爐和熱水供應器，就能提供熱食了。另外……喔喔！也有將飲料直接注入紙杯裡的功能嗎？再來是……嗯？功能列的下方好像有個奇怪的項目耶。這是什麼？

「咕呱！嘎呱！嘎！」

喔，有生物的聲音傳來。先別思考功能的問題了吧。畢竟我一直在演獨角戲嘛。光是明白有其他生物存在，就令我格外振奮呢。

雖然是沒聽過的叫聲，但感覺像是蛙鳴。聲音好像是從湖泊附近的森林傳來的。雖然覺得自己應該沒有眼睛，但我還是試著定睛凝視那個方向。

有東西從樹蔭中現身了——呃，咦？最近的青蛙都有著黝黑的外皮，然後流行穿上皮革材質、看似鎧甲的衣物嗎？牠手上還握著一根看起來很劣質的木棒耶。而且還用雙腳走在地上耶。

就算說那是新品種的青蛙，應該也不可能吧。牠的頭長得跟人類差不多大，坦露在外的手腳上布滿無數的疣。一雙大眼看起來相當凶狠。而且明明是青蛙，卻生著尖銳的犬齒。

不管怎麼看，那都是怪物吧。能用雙腳行走的蟾蜍？身高似乎不到一百五十公分，看起來是隻性情凶暴的生物。

倘若那是特殊化妝打造出來的效果，恐怕連好萊塢特效團隊都會嘆為觀止呢。然而，那看起來濕潤發亮的外皮，以及骨碌碌打轉的雙眼，怎麼看都不像是假的。

所以，這裡不是日本嘍？一般來說，遇到這種情況，應該要感到震驚才對。不過，在變成一台自動販賣機之後，我便已經陷入對常識嗤之以鼻的人生了。

咦！如果這裡是異世界的話，那貨幣要怎麼辦啊？這裡的人八成不是用日幣吧？也就是說，我無法取得日幣？我卡關了嗎！

「咕嚕咕呱！嘎！」

啊，那個半蛙人在看這裡。喂，混蛋，不准過來喔。等等，既然身上穿著皮甲，牠很有可能是擁有智慧的生命體。身為人類，用外表來評斷他人，是最差勁的行為了。牠說不定會是我第一位客人呢。

「歡迎光臨。」

雖然不覺得我們的語言能夠相通，總之，我還是試著向牠打招呼。

「咕哇呱嘎！」

牠吃驚地四處張望。很遺憾的，聲音是來自一台自動販賣機喔。

半蛙人緊握手中的棍棒，然後壓低身子。如果現在再次開口對牠說話，應該能看到很逗趣的反應，但……還是不要好了。

觀察自己的周遭片刻，發現沒有其他人存在後，半蛙人再次朝我走來。

從近距離看牠，感覺更有魄力了耶。對原本就不太喜歡爬蟲類或兩棲類的我來說，變成跟人類差不多大小的這隻半蛙人，加倍讓人感到害怕。

來到一定的距離處之後，牠開始繞著身為自動販賣機的我打轉。是因為不明白我是什麼東西嗎？

繞了一圈回來的半蛙人，接著高高舉起手中的木棍……呃，喂，給我住手！你想用那根棍子做什麼啊！

沒有任何方式能夠阻止牠的我，只能默默看著半蛙人揮下武器。

木棍擊中玻璃板的部分，整台自動販賣機也因為這股衝擊而晃了幾下。

《傷害值3。耐用度減少3。》

這次出現的文字又是什麼啊。傷害值和耐用度……又不是電玩遊戲。啊啊，可惡。竟然傷害一台自動販賣機，真是惡劣到極點的生物。你無法理解這滿溢著機能性和藝術性的造型嗎！

《傷害值2。耐用度減少2。》

可惡，這隻青蛙也太囂張了吧。看我不會反抗，又敲了我一下嗎！我似乎沒有痛覺，所以倒還沒關係。可是，再這樣下去，我會不會故障啊！

不過，耐用度是什麼東西？說是這台自動販賣機的堅固程度或是生命力，大概會比較貼切？

《耐用度：若耐用度耗盡，將導致自動販賣機損毀，無法再次使用。》

是那個吧？類似ＨＰ的數值。現在還剩多少啊？是說，要怎麼調查調查一台自動販賣機的耐用度或性能……

《自動販賣機》

耐用度　95／100
堅硬度　10
力量　0
敏捷　0
命中率　0
魔力　0
〈功能〉保冷　保溫

喔，又有什麼東西顯示出來了。這就是我的能力數值嗎？除了耐用度跟堅硬度，其他竟然都是零啊。不過，自動販賣機也不需要其他能力就是了啦。既然還有魔力這項數值，就代表這個世界有魔法存在嘍……可惡！能使用魔法的自動販賣機聽起來超帥氣的耶，但我卻連魔力都沒有嗎？

呃，現在不是消沉的時候。怎……怎麼辦啊？如果繼續被半蛙人毆打，感覺我會損毀耶。有……有沒有能夠把牠打跑，或是讓耐用度恢復的方法啊？

《可透過消耗點數的方式來恢復耐用度。》

這……這樣啊。那麼，既然我還有九百多點，祭出持久戰的手段，或許可以讓對方放棄。

然而，像是在嘲笑我的戰略似的，又有三隻半蛙人從森林裡頭走了出來。我一下子就替自己立旗啦！

糟……糟了，超級不妙的耶。其中一隻半蛙人手上還握著斧頭呢。要是被那種東西砍到，可不是開玩笑的。

《傷害值2。耐用度減少2。》

我知道啦！該……該怎麼做？有沒有什麼能派上用場的追加功能啊！

注入熱水、於購買時播放慶賀曲、於取物口內部設置緩衝材、轉盤抽獎遊戲……盡是一堆沒用的東西！沒有能夠幫助我突破現狀的劃時代嶄新功能嗎！

這時，浮現在眼前的一項機能吸引了我的目光。雖然我沒有眼睛啦。

《變形》1000000000點。

怎麼，我可以變形成巨大機器人嗎？這還真是能夠滿足男人浪漫的功能耶！不過，要消耗十億點啊……你壓根沒打算讓我變形吧？

不……不行了。我實際上有能力購買的功能中，就沒有足以讓我打破現狀的最終王牌嗎！

我迅速瀏覽其他功能的同時，《傷害值2。耐用度減少2。》的報告文字仍不停浮現在眼前。啊啊，快點、快點，有沒有什麼效果更好的……啊，對了，我記得下面……

我再次確認剛才一度瞄到，但打算之後再細細研究的那行文字。

《加持。》

加持是什麼啊？呃，不要想太多，總之，先確認它的說明內容吧。

《加持：神明賜予的特殊能力。可在不消耗點數的情況下，取得下列能力的其中一者。》

喔喔！可以隨意選擇一項能力嗎？雖然還是搞不太清楚，但應該會是很強大的超能力之類的魔法技能吧！好……好～我要選嘍！

《機體變化、視野移動、心電感應、吸收、搶奪、劍技、格鬥技、火屬性魔法、水屬性魔法——》

我要格鬥技或劍技幹嘛啊！我連手腳都沒有耶！總有一天，在我得到變形能力後，我會再入手這些能力的，給我等著瞧！

啊，不是說這種話的時候啦。有點學習能力好嗎！

既然沒有魔力，就無法使用魔法了吧。呃……如果透過心電感應能力，就算言語不通，我應該也能和牠們對話。可是，這些半蛙人看起來不像是能好好溝通的對象呢。

還……還有沒有其他對自動販賣機也有用的加持能力啊！

在我不停往下看的時候，一個不容忽略的詞彙出現了。〈結界〉——效果是《以自體為中心，於半徑一公尺內的範圍建立他人無法入侵的結界。可選擇開放自由進出結界的對象。》。就……就是這個啦啊啊啊啊！

《傷害值2、3、5。耐用度減少10。》

感覺沒有多餘的時間考慮了。就……就用這個吧！

選擇〈結界〉之後，我感覺好像有某種溫暖的東西潛入體內。雖……雖然還是一頭霧水，起動〈結界〉吧！

「咕呱嘎嘎呱嘎！」

喔！半蛙人牠們被彈飛，然後一屁股跌坐在地上呢。竟敢這樣一直隨心所欲地毆打我啊。不說個幾句，我可嚥不下這口氣。

「期待您下一次的光臨。」

呼。雖然語言無法相通，但我覺得爽快多了。半蛙人似乎也明白自己被戲弄了吧。牠們再次高舉手中的武器朝我衝過來，卻被圍繞在我身邊的淺藍色光芒擋下，無法再靠近一步。

「如果中獎就能再來一瓶！」

我試著繼續挑釁。喔喔，牠們惱羞成怒地衝過來了。這個〈結界〉該不會是超強大的技能吧？半透明的藍色牆壁在我的前後左右圍成四方形，無論半蛙人用武器怎麼敲打，〈結界〉都將牠們的攻擊輕鬆反彈回去。

哼哈哈哈哈，不會損毀的無敵自動販賣機完成啦！

《點數減少1。點數減少1。點數減少1……》

等……等一下！點數怎麼像漏水那樣不停減少啊！怎麼，要維持這個〈結界〉，原來是需要消耗點數的嗎！

咦，等等，我……我說啊，你們差不多也該打道回府了吧，青蛙先生？

「期待您下一次的光臨。」

啊，牠們的攻勢變得更強烈了。剛才那句發言不是在挑釁耶。喔！點數開始大幅下降了啦。真的拜託你們放棄好嗎！

購買者

在那之後，半蛙人仍持續攻擊結界好一陣子。在發現似乎真的無計可施後，牠們才帶著不太情願的表情離開。

能夠得救是很好啦……但還是來確認一下吧。

《自動販賣機》
耐用度　65／100
堅硬度　10
力量　0
敏捷　0
命中率　0
魔力　0
PT　346

〈功能〉保冷　保溫
〈加持〉結界

點數減少了好多呢。雖然我確實因〈結界〉而得救，但這樣的消耗量太糟糕了。要是再受到魔物攻擊，能不能順利擊退牠們，恐怕很難說了呢。

這下情況真的很不妙。不僅耐用度下降，自動販賣機的機體也變得破破爛爛的。雖然點數很珍貴，但要是放任這樣的狀況不管，結果讓自動販賣機故障，也很傷腦筋呢。還是修好它吧。

花了三十五點讓耐用度恢復成最大值後，目前還剩下三百一十一點。因為一天要消耗二十四點，所以，如果什麼都不做的話，還能撐個十天以上。可是，倘若一直沒有購買者出現，我就只能默默等到機體停止運作了。這樣一來，我是不是就會死了啊……真是如此的話，那我這個嶄新的人生——自動販賣機生未免也太悲慘了吧。

首先，也只能等待人類，或是智能和人類不相上下的魔物出現了。現在可不能再繼續消耗點數。只能等了……等待他人現身。

◆

之後又過了三天。沒有半個人類出現，倒是有幾次目擊到半蛙人從遠處盯著這邊的身影。

儘管死亡正在一分一秒地逼近，但身為自動販賣機的我，並沒有害怕得渾身打顫，只是持續發出「嗡——」的機械運轉聲。感覺緊張的氣氛都煙消雲散了啊。

唉～在死之前，真想用自動販賣機的身分把商品賣出去一次呢。難得我都轉生成這副模樣了，起碼也得做一次這樣的事嘛。

「不……不行了，我餓到完全使不出力氣……唉唉……為什麼我老是這樣呢……」

是……是人類的說話聲！原來神明還沒有捨棄我嗎！

聽起來是個消沉的女性嗓音，但感覺應該滿年輕的。在哪裡？聲音是從哪裡傳來的啊！

雖然我一直懷疑自己使用的語言能否跟這裡的人相通，但既然我聽得懂對方在說什麼，她應該也能聽懂我說的話才對。明明是異世界，卻可以用日文溝通——儘管值得吐嘈之處多到如山積，但現在這些全都無所謂了。

我也是賭上一條性命的狀態呢。

「一起組隊的人也丟下我不管……就算有怪力加持，像我這麼笨手笨腳的話，也沒有任何意義嘛……」

對方的聲音變得愈來愈清晰。所以，她應該正在朝這邊靠近吧。她的嗓音聽起來有一種走投無路的悲壯感。被同伴丟下不管？在到處都是半蛙人的這個區域，這樣不是很危險嗎？

「逃走的時候，還不小心把裝著糧食的包包弄丟了……感覺前胸跟後背都要貼在一起了呢……真的是糟糕透頂……阿爸、阿母，我不行了咧～」

她哭了起來。後半段的自言自語好像還變成關西腔了呢。懷著夢想踏入都會的鄉下人夢碎的感覺，十分切實地傳達過來。

不過，她又為什麼要到這種充斥著魔物的地方來呢？是在旅行途中路過？還是說，她居住的城鎮或村子就在這附近？

「我沒辦法當什麼獵人咧。對不起喔～阿爸、阿母。」

獵人是什麼？以打獵為生的狩獵者嗎？在某款遊戲裡，這是一種專門負責狩獵魔物的職業。畢竟這是個半蛙人到處亂竄的世界，這樣的可能性或許也不小吧。

「沒有半點粗的東西，要我怎麼辦才好咧。打倒蛙人魔，然後粗牠們的肉……不行，光靠我自己的攻擊，根本無法命中牠們，而且我已經餓到沒有半點力氣了咧。」

她剛才有提到「怪力加持」幾個字。所以，這個女孩子對自己的蠻力很有自信，卻不擅長使用武器嗎？她的命中率大概很低吧。

如果把行李弄丟了，就代表她身上很可能沒有半毛錢呢。嗯……嗯……雖然還不確定，但總覺得期望變得很低了耶。

「咦，那是啥麼？石碑？但質感看起來好像鐵塊咧。」

喔！她發現我了嗎？從聲音聽來，她應該已經來到很靠近我的位置了。但因為在後方，所以我無法看到她的樣子。繞到我的前方來吧。

不知道是不是這樣的念力真的奏效了。原本來到我身後的女孩子，現在走到我的正前方。

「這……這素啥呀？外型看起來好漂亮咧。放在玻璃板內側的素飲料嗎？」

露出一臉疑惑表情的是個體型嬌小的女孩子。她將一頭金髮綁在腦袋的側邊。這種髮型好像叫做單邊馬尾？

她的身高看起來不到一百六十公分，有著一雙大眼和高挺的鼻梁。與其說她長得很漂亮，「可愛」這樣的形容或許會更貼切。如果當上偶像，這樣的可愛外貌想必能讓她人氣飆升呢。雙眼含淚、不知所措的模樣，讓人湧現一種想保護她的慾望……呃，我是變態嗎？算……算了。比起這種事，這個女孩子的打扮更引人注目。

她腳上穿著看起來像是登山靴的鞋子，下半身是黑色褲襪加上藍色短褲。到這裡我還能理解，也不覺得有哪裡不對勁。但她上半身的衣著有點奇妙。

看起來像是警察前往危險的案發現場時會穿的皮質無袖防彈背心……不對，這根本是皮甲吧。她的左肩還有一片像是護肩的東西。手上也套著看起來很耐用的手套。

真要說的話，這看起來像是一身奇幻世界風格的打扮。我將這個女孩子從頭到腳細細打量一次，發現她的腰帶上掛著一個小袋子。那裡頭感覺會放著貴重物品或錢財呢。

「雖然有水，口素要怎麼拿出來咧？上面好像還寫了什麼字，但我看不懂咧。」

可以理解彼此說的話，但文字無法通用嗎？這樣的話，就不單純是購買欲的問題了。我得想辦法誘導她才行。

「把這片玻璃打破的話，就口以拿出來了吧？但把這個東西弄壞很口惜，也不太好咧。」

「歡迎光臨。」

「啥……啥？剛才那個聲音素從哪裡來的？」

她慌張地四處張望。一臉膽怯地提高警覺的模樣，感覺有點可愛。

好啦。要是把她嚇跑，可等於賠了夫人又折兵呢。現在就乘勝追擊吧。

「請投入硬幣。」

「嘿嗚！是這個鐵箱在說話？硬幣……是要我投錢的意思？」

雖然很想解答她的疑問，但遺憾的是，我只能說預先設定好的台詞。

非常抱歉，拜託妳靠自力摸索吧。這也是攸關我今後死活的問題呢。

「呃……呃……它說要硬幣，用銅幣可不可以呢？啊，不過青銅幣實在有點……要銀幣才行嗎？難不成要金幣……但我身上沒有那麼值錢的硬幣耶。」

這個世界的貨幣分成銅幣、青銅幣、銀幣和金幣嗎？感覺金幣上面還會有更高級的貨幣呢。雖然也不清楚換算成日幣後會變成多少錢就是了。光憑感覺的話，銅幣或許等於十圓那樣？

「要我投入硬幣……能投錢的地方，是這個有一道縫隙和透明蓋子的四方形凹槽嗎？」

該說這個女孩子沒什麼警戒心，或說她天性單純呢？在這種情況下，儘管表現得戰戰兢兢，卻還是打算掏錢投幣。這樣的個性，感覺不太適合克難求生的生活呢。但作為第一位客人，倒是相當令人感激。

沒錯沒錯，就是投進那道縫隙裡。很好、很好，直接放進去吧～！

硬幣清脆的撞擊聲在我的體內迴響，讓我明白有異物進入的事實。雖然好像是銅幣，但只要能讓點數增加……

《投入的貨幣種類不適用。可透過追加功能「貨幣轉換」來對應。》

真的假的啊。對了，好像有看過這樣的功能呢。等……等等喔。呃，我記得是在這邊……有了有了！需要消耗一百點，我的點數還夠用！

「咦？只投銅幣果然不行嗎？呃，有數字顯示出來了……十？呃，投一枚銅幣會增加十……這跟商品下面的數字有關係嗎？上面寫著一千……嗚，要一枚銀幣啊。這種價格已經能讓我吃一

頓晚餐了咧……」

咦？套用貨幣轉換的功能後，售價也出現變化了嗎？看來，一枚銅幣等同於十圓呢。銀幣則等於一千圓，也是足以購買玉米濃湯和奶茶的金額。咦，這樣的話，維持一百圓的售價就好了啊？要……要怎麼變更啊？

「可……可是，天下沒有白吃的午餐嘛。我肚子也餓了，要是死在這裡，有再多錢也沒意義啊。好……好吧——要投咧！」

看來，這個女孩子在過度興奮，或是無法冷靜的時候，就會迸出方言呢。

銀幣落入體內後，一股彷彿身體燃燒起來的亢奮感在全身上下亂竄。好，購買金額已經滿足了。來吧，選擇妳的商品！

「突出來又在發光的部分，就代表可以買的東西對吧……那……那麼，呃……就買這個外面畫著濃湯的好了。」

如果文字無法通用，選擇內容物能夠一目了然的商品或許比較好。我得把這一點牢牢記起來。

她以顫抖的手指按下玉米濃湯的按鈕，玉米濃湯的瓶子跟著掉到取物口。

「哇，剛才那素啥！聲音好像素從底下傳來……」

她膽戰心驚地蹲下來，朝取物口內部窺探。

沒錯沒錯，這就是正確答案喔。來吧，鼓起勇氣，把商品拿出來。

「得伸手進去拿才口以嗎……把手伸進去的話，我應該不會被粗掉吧？」

不會不會。所以，快點拿走吧。我很推薦這個牌子的玉米濃湯喔。不只味道很好，外瓶的設計也深得我心。

飲用罐裝玉米濃湯的時候，每個人一定都經歷過玉米粒殘留在罐底的狀況。為了解決這樣的問題，在多方思考後，這家廠商得出了一個結論。

將飲用口變大的方法，已經有其他廠商試過了。這家廠商率先採用的解決方案，是捨棄易開罐，改用鐵鋁瓶來裝玉米濃湯，同時還把飲用口變得更大，讓購買者能夠將玉米粒一顆不剩地喝光。底部殘留的玉米粒帶來的煩躁感，也能因此一掃而空。

「啊，拿到了。摸起來暖呼呼的呢！呃，像打開瓶子那樣把蓋子轉開就行了嗎？嘿！嗚哇啊啊啊，好香喔！」

就是啊。玉米濃湯的香氣會瞬間從瓶口竄出來，然後直達鼻腔。在寒冷的時期，這樣的香味總是讓我忍不住再三購買呢。

這個女孩子扭開瓶蓋，然後將瓶口湊進嘴邊，將瓶身微微傾斜。下個瞬間，她突然瞪大雙眼，喉嚨也咕嘟一聲隆起。

「呼啊啊啊啊啊啊……好好喝喔喔喔喔喔！這……這素啥啊？素我常去的那間餐館賣的食物

完全比不上的美味咧！」

喔喔，她一口氣喝光了呢。以舌尖舔去沾附在嘴唇周圍的濃湯後，這個女孩子露出一臉幸福至極的表情。咕～～！這種喜悅感是怎麼回事啊。能夠看到客人這麼開心的樣子，當一台自動販賣機也算是值得了呢。

「呼～～已經喝光了咧。既然這個這麼好喝，其他東西一定也美味到不行吧。透明的那個八成素水。這樣的話，我接下來可得試試那個裝在杯子裡的淺褐色飲料才行。嗯。」

啊，她又投下銀幣了。之後，這個女孩子似乎也相當中意我販賣的奶茶，而且又陸續買了三瓶玉米濃湯和一瓶水。

合計六千三百圓——用這邊的貨幣來計算的話，就是六枚銀幣和三十枚銅幣的收入。換算成點數後是六十三點。看來這樣的價格設定沒問題了。

在身心都獲得滿足後，這名看似女獵人的少女或許是一下子放鬆下來了吧。她將背靠上我的身體，就這樣睡著了。雖然這種狀態毫無防備到極點，但妳可是我重要的客人喔。我會確實起動〈結界〉，請妳放心地睡吧。

話說回來，她喝完的寶特瓶和鐵鋁瓶都消失了耶。連垃圾處理問題都設想到了嗎？我真是一台愛護異世界環境的自動販賣機呢。

移動的自動販賣機

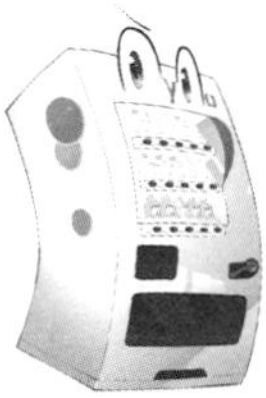

「呃嗚啊？啊，我睡著了嗎？沒有魔物出現，真是太好了咧～」

醒來之後，少女不禁輕撫自己的胸口。她雖然身型嬌小、長相也很稚嫩，卻有著相當傲人的上圍呢。明明被身上的皮甲壓迫著，但從我的角度俯瞰的話，雙峰之間仍有著一道深邃無比的鴻溝。

「雖然少了很多錢，但我的胃袋跟心靈都好滿足咧。真的多謝你啦。」

少女朝身為自動販賣機的我深深一鞠躬。真是個好女孩啊。我才應該感謝妳呢。多虧妳願意投錢，我的點數才能增加。

「謝謝惠顧。」

自動販賣機預設的台詞裡頭有這句話，實在是太好了。讓我能夠順利向她表達謝意。

「咦？啊，是。我才應該說謝謝。呃……你會說話嗎？」

儘管很想回答她，卻無能為力。如果擁有人類的肉體，我想必會為了這股焦躁感痛苦抱頭吧。有沒有辦法……用預設的台詞把我的話、我的想法傳達給她呢？

「呃……難不成你只能說特定的台詞？我認識一個叫做休爾米的人，她專門在發明擁有魔力的道具喔。呃，啊啊，我忘記先說自己的名字了呢。我叫做拉蜜絲。」

嗯嗯，我會好好記住的。我的第一個客人叫做拉蜜絲。很好，我絕不會忘記喔。

「然後啊，她的其中一種發明，就是在研究怎麼把聲音儲存在物品裡頭，再將它播放出來呢。她想透過這樣的方式，自動招攬客人踏進店裡。你也是這一類的道具嗎？如果是的話，不管說什麼都行，如果你能出聲回答一下，我會很開心呢。」

喔喔，這是能讓我和她溝通交流的大好機會！這個女孩子感覺直覺很準呢。這還真是令人開心的誤判啊。

「歡迎光臨。」

「嗚哇啊，你聽得懂我說的話呢！要是休爾米看到你，想必會大受感動吧。啊，對了，既然這樣，如果你願意的話，就用『歡迎光臨』來代替『是』的回答，然後再用別句話來代替『不是』。你覺得怎麼樣？」

這個主意也太棒了吧。光是能表達「是」或「不是」，整個世界都會不一樣呢。我的回答當然是ＯＫ啦。

「太可惜了。」

「噗！所以，這是你用來代表『不是』的回答嘍？」

「歡迎光臨。」

「這句則是『是』的意思吧。嗯，我知道了。呃……你有辦法說出自己的名字嗎？」

雖然很想回答，但我無能為力呢。真希望有朝一日能夠跟她流暢地對話啊。

「太可惜了。」

「沒辦法是嗎？真的很可惜呢～啊，對了對了，你在這裡做什麼呀？有什麼重要的使命在身嗎？」

「太可惜了。」

「唔～該問你什麼才好呢。我在想，你會不會……覺得寂寞？」

咦，她為什麼能明白這種事？是因為有得到加持能力之類的嗎？能夠明白無機物的感情的能力？

「歡迎光臨。」

「果然是這樣啊。不知道為什麼，我總覺得你佇立在湖畔的身影看起來很孤單呢。雖然也有可能是我多心了啦。」

我的身影看起來這麼充滿哀戚嗎？一台自動販賣機被設立在空無一物的荒涼湖畔，看起來的確給人孤單的感覺呢。

「如果把你移動到其他地方，是不是也沒問題啊？」

「歡迎光臨。」

「啊，這樣嗎！你不嫌棄的話，要不要離開這個地方，去跟休爾米見個面？我想她應該能跟你聊得來喔。」

「歡迎光臨。」

我也想這麼做，但不管怎麼試，我都無法讓自己移動呢。總不能讓拉蜜絲扛著我走嘛。哪有人能夠自己一個人抬起自動販賣機呢。

「你願意是嗎！太好了～我原本還怕自己太多管閒事了，所以有點不安呢。那麼，稍微失禮一下嘍！」

咦，她蹲下來是想做什麼？看她伸出雙手抱住我的樣子，拉蜜絲似乎也變成自動販賣機狂熱者了呢。同好誕生啦！

「嘿咻！」

呼耶？咦，我的身體騰空了。喂喂喂，為什麼這種個頭嬌小的女孩子，竟然能把重量或許超過五百公斤的我舉起來啊。

「雖然有點重，但還搬得動。嘿咻……嘿咻……」

喔喔喔，她開始移動了耶！雖然速度有點慢，但拉蜜絲也太強了吧。這就是怪力的加持嗎？

雖然她的手指因使力而微微嵌入我的外殼，但在靠別人搬運自己的狀況下，我可不能再多要求什麼了。

喔～湖畔變得愈來愈遙遠了。雖然只有短短幾天，但這畢竟是我來到異世界之後就一直看著的風景。要說沒有半點不捨，恐怕是騙人的。

我懷著千頭萬緒，在心中深深一鞠躬。

「謝謝惠顧。」

◆

「在這裡休息一下吧。啊，買那個很濃郁的黃色濃湯來喝好了。肚子餓了呢。」

在那之後，就這樣扛著我走了將近兩小時的拉蜜絲，來到一處雜草遍野的草原，然後在一塊巨岩的陰影處輕輕將我放下。

「遇到你之後，好運似乎就降臨到我身上了耶。因為我們一路上完全沒遇到蛙人魔啊。這裡明明應該是那些傢伙的地盤呢。」

可能不是妳想的那樣喔。

雖然現在還沒出現必須應戰的狀況，但我已經好幾次目擊到那些半蛙人從遠方戰戰兢兢地盯著我們看的身影了。或許是我的傳聞已經在牠們之間流傳開來，讓牠們提高警戒了吧。

唔～拉蜜絲餓了嗎？玉米濃湯感覺不太能填飽肚子呢。有沒有更能讓人有飽足感的商品啊？現有的點數是兩百六十八點。我開始瀏覽能透過消耗十點的方式替換的商品。此時消耗點數的話，可能會讓狀況變得吃緊，但我以後還得繼續仰賴拉蜜絲嘛。既然這樣，我想盡量做能替她做的事。

熱量偏高、又有嚼勁的食物或許會比較好？紅豆湯感覺不錯呢。因為很甜，應該會受女性歡迎。啊，但我好像有聽說過外國人不太喜歡紅豆沙？疑似是因為外觀看起來像一灘爛泥之類的。

這樣的話，其他比較理想的食物，就只有漢堡或杯麵了。但選擇這些商品的話，還得另行追加特殊功能來對應，對於目前點數壓倒性不足的我來說，會有點辛苦。

裝在罐子裡販賣的食物……啊！對了，有個在特定地區很有名的東西嘛。呃，這項商品的採購點數竟然要三十點啊。啊～好想賣關東煮罐頭喔。原來售價愈高的東西，需要的採購點數也愈多嗎？我上了一課呢。

我現在想盡可能節省點數呢。不要太勉強，還是選擇廉價的商品吧。

所以，選擇售價一千圓、也就是一枚銀幣的商品，應該會比較好呢。啊，有點心類可以選。購買這類商品時，偶爾會需要特殊功能來對應。不過，一般的自動販賣機有時也能看到點心類商品並排在無酒精飲料旁。只要外型接近罐子的模樣，似乎就可以放在一起販售。

呃……有了有了。不同於一般的油炸洋芋片，是將馬鈴薯加工成大小厚度一致的薄片後，再裝入類似洋芋片包裝的紙筒裡的點心。我將這款點心和櫥窗裡的一瓶礦泉水交換。

「嘿嗚！嚇……嚇我一跳～有什麼東西在發光……啊，商品素不素換了？這個紅色的筒子是什麼？上頭畫著圓形薄片重疊在一起的圖案，難道是食物嗎？」

「歡迎光臨。」

「啊，這樣咧……不對，這樣嗎？既然售價都相同，就買來吃吃看好了。」

原來她很在意自己的方言嗎？明明很可愛啊。

拉蜜絲從取物口拿出裝在紅色紙筒裡的加工洋芋片，奮戰了好一段時間之後，才終於在自力摸索下打開了蓋子。

「這個筒子感覺質感超級好呢。上頭的圖樣也畫得很精緻，拿去賣的話，感覺會值不少錢喔。啊，裡面，裡面才是重點。」

比起好奇心，食慾似乎更勝一籌。拉蜜絲將包裝紙撕開，取出裡頭的內容物。

似乎已經理解這是類似零食的東西的她，不假思索地捻起一片洋芋片咬下。順帶一提，這款是鹽味的。

「哇啊啊啊……這種口感是怎麼回事啊。感覺是一股很清爽的鹹味，讓人想吃個不停耶。」

將整張嘴塞滿洋芋片之後，拉蜜絲又買了一瓶礦泉水將它們沖下肚。她被這款零食惡魔般的魅力迷住了嗎？我也超喜歡這款洋芋片呢。經常不知不覺就把將近兩筒的分量輕鬆嗑光。

「啊啊！我的錢像流水般消逝啦～～可是嘴巴卻停不下來～～」

「謝謝惠顧。」

我向拉蜜絲道謝。

這次的銷售額是六枚銀幣，換算成日幣的話是六千圓，兌換成點數則是六十點。我的點數恢復到三百二十點左右。

對了對了，既然能變更售價，就把礦泉水改成一千圓吧。這樣一來，這台自動販賣機目前販售的商品就全都是一千圓了。

雖然是不想數字計算變得太麻煩，才把售價統一，但因為礦泉水的採購點數和玉米濃湯、奶茶相同，如果把售價設定得比較貴，我的良心實在過意不去。

等到拉蜜絲快要家財散盡的時候，就把售價一口氣調低好了。感覺她的錢包愈變愈扁了呢。

不過，因為攸關我自身的存亡，所以暫時讓我維持這樣的售價吧。

守門人與階層聚落

「馬上就會到這個階層的入口了。你再忍耐一下喔。那邊是一個聚落，所以可以好好休息。」

階層？她口中的階層是什麼意思？說得好像我們待在建築物內部一樣耶。可是，正上方是一片無邊無際的藍天，所以我們應該不是在室內吧？

雖然還是不太明白，但能夠遇見其他人的話，就太感激了。我想讓其他顧客大量購買商品，趁機累積大量的點數呢。

之後，我沒有再遭受任何攻擊，所以也無須起動〈結界〉。半蛙人只是從遠處打量我們，並沒有實際過來找碴。看來牠們擁有優質的情報網呢。

不過，雖說拉蜜絲的怪力已經夠驚人了，但她的體力也不容小覷呢。在把我扛起來的狀態下，她竟然還能若無其事地持續行走五小時左右。如果換個方式，我想她應該能成為一名優秀的獵人才是。

「啊，看到聚落了！太好了～！我活著回來了呢。」

因為被同伴丟下而一度絕望的她，在發現我之後，又再次順利返回這裡。拉蜜絲會開心到眼眶泛淚，或許也是理所當然。

雖然她以理所當然的態度將我搬運到這裡，但當初，我如果是被拉蜜絲以外的人發現，對方或許會為了拿出機體裡頭的商品，而試圖破壞我的身體呢。她說自己運氣很好，不過，我或許也一樣吧。

出現在前方的，是由一根根巨大木樁並排打造出來的外牆，看起來有著滿滿手工建造感。高度大概有兩公尺吧。感覺是個規模不小的聚落。

我們來到一個類似出入口的地方。那裡站著兩名身穿有點骯髒的皮甲的男人，一個是光頭，一個則蓄著平頭。兩人都有著不亞於摔角選手的體格，身為守門人，這樣的存在感夠強烈了。

「喔，這不是拉蜜絲嗎！原來妳平安無事啊。其他伙伴回來的時候，都是一副半死不活的德行，所以我挺擔心妳的吶！」

看到拉蜜絲平安歸來，臉上有刀疤的光頭大叔開心地露出燦爛笑容。不同於外表，他似乎是個很好親近的人。

「是的，我努力存活下來了！真不好意思，讓你擔心了，卡利歐斯先生。」

拉蜜絲把我放在地上，然後不停鞠躬。她真是謙虛耶。

一旁的平頭男子瞇起雙眼眺望著這兩人對話的樣子。他看起來似乎也露出了淡淡的笑容。

「妳沒事就好。不過，這是什麼東西？」

「啊，你說這個嗎？是我在湖畔撿到的，我想應該是魔法道具之類的東西。把錢投進這孩子的身體裡，就會有商品掉下來喔！」

「這孩子」啊……雖然覺得拉蜜絲的年齡應該比我小很多，但我轉生到這個異世界之後，畢竟也才「出生」沒幾天嘛。

「哦哦～所以，這可能是某個魔法道具開發者為了實驗而放置在湖畔，或者是某種寶物嘍？不過，我從來沒聽說『清流之湖』的階層有這種東西耶。我們都已經在這裡當了五年的守門人了吶……對吧，戈爾賽？」

「嗯。」

光頭男子叫卡利歐斯，比較寡言的平頭男子則是戈爾賽嗎？遇到需要交涉談判的事，感覺會是卡利歐斯負責呢。畢竟戈爾賽太沉默寡言了。

「如果是別人發明的東西，是不是不能擅自拿過來呀？」

「噢，也只是我的猜測而已啦。更何況，掉落在階層裡的東西，所有權將屬於拾獲者，是這座迷宮的常識嘛。」

迷宮？咦，他剛才也提到階層兩個字，難道這裡只是迷宮內部的某一層樓嗎……咦，可是上方就是天空耶。不管怎麼看，這裡都不像是地底空間啊。這個世界是怎麼一回事啊？

「對了，妳說付錢就能買到它的商品，那我們也能買嗎？」

「是的，我想應該沒問題。可以吧？」

拉蜜絲轉頭詢問我。而我的回答當然早就決定好了。

「歡迎光臨。」

「喔嗚哇！什麼，剛才那個男人的聲音是從哪來的？」

卡利歐斯吃驚地將上半身向後仰，然後四處張望。戈爾賽則是疑惑地盯著我看。他理解到剛才是我在說話了嗎？

「啊哈哈哈，沒事的，卡利歐斯先生。剛才是這孩子在回應我說的話喔。對吧！」

「歡迎光臨。」

「真……真的假的？我可沒聽過會講話的魔法道具耶。這東西應該能賣不少錢吧……」

「我……我沒有要賣啦！這孩子要跟我一起去找休爾米呢。」

拉蜜絲像是要保護我似的站在我的前方，然後敞開雙臂。

嗚嗚嗚……她實在是個好女孩呢。雖說是為了點數，但我從妳身上撈了不少錢，真不好意思啊。

「妳說的休爾米，就是那個瘋狂的魔法道具技師大姊吧？她以前有在這個聚落逗留過一陣子吶。那個大姊懂的知識多到嚇死人，所以這麼做或許挺恰當的。」

這段只會讓人不安的說明是怎麼回事？附加「瘋狂」這種修辭的技術人員，完全無法給人正面的印象耶。跟她見面一事，開始讓我想要打退堂鼓了。

「對吧？那麼，你們要買點什麼嗎？」

「嗯，百聞不如一試啊。既然妳也推薦，應該很安全吧。一千……要一枚銀幣啊，這倒不便宜吶……裡頭的商品是什麼樣的東西？」

「呃……這個是很好喝的水。然後這個好像是加了動物乳汁的茶，喝起來甜甜的。這兩種都很冰。下面這個是很濃郁的熱湯。紅色筒子裡則是裝著類似油炸啾嘰麻的食物。」

「還分成熱的跟冷的啊。那麼，我就選熱湯跟油炸物好啦。戈爾賽，你呢？」

「我買那個甜甜的茶吧。」

「請投入硬幣。」

雖然又被我的聲音嚇得全身一震，但他們倆還是按照拉蜜絲的指示，將銀幣放進投幣孔裡。

將他們購買的商品全數交出去之後，我以一聲「期待您下一次的光臨」來表達謝意。

兩人購買的飲料都是瓶裝設計，所以很輕鬆就能打開。如果是易開罐的話，他們恐怕就不知道怎麼打開了吧。暫時避開易開罐的商品好了。

「這瓶濃湯暖呼呼的吶。」

「我的這瓶很冰。」

他們倆同時將瓶口湊進嘴邊，一口氣仰頭灌下，然後瞬間瞪大雙眼。

「這是啥啊！喂喂喂，簡直好喝到不像話啊，這個！」

「哦，我的也很美味吶。」

「這罐油炸物又怎麼樣呢……喔喔！不妙啊，雖然是很清爽的口味，卻讓人嘴巴停不下來。」

「給我一點吧。」

眺望著兩名男子大啖加工洋芋片的模樣，拉蜜絲露出看起來很開心的笑容。如果我有五官的話，大概也會是一臉和她差不多的表情吧。

因為卡利歐斯不肯，戈爾賽也買了一罐加工洋芋片。接著，看到戈爾賽一臉滿足地喝完奶茶的樣子，卡利歐斯也跟著感興趣了。再加點一瓶奶茶～

這兩人似乎很滿意我的商品，分別把每個品項都買過一次。卡利歐斯偏愛玉米濃湯，戈爾賽則很中意奶茶。

總銷售額九千，也就是九枚銀幣。這下子點數增加了九十點呢。感謝兩位大戶。

「哎呀～這玩意兒真不錯。除了滋味沒話說，同時販售熱飲和冷飲這一點實在是太棒了。可以把它設置在這裡嗎？因為，負責守門的時候，我們得長時間待在這個地方，無法離開呢。要是有這東西在，就太令人感激啦。」

「確實吶。」

啊～原來如此。如果把我安置在這裡的話，這兩人感覺會定期來購買商品。再加上守門的工作應該採輪班制，如果其他守門人也跟我買東西的話，應該能達到不錯的銷售額喔。

「唔～怎麼辦呢……因為我也不想跟這孩子分開……」

「不然，就拜託妳偶爾把它帶過來吧？只要來了，我一定會跟它買東西。我也會把這個情報告訴其他人。」

「直接搬的話，感覺不是很方便吶。妳買一條後揹專用的繩子，把它揹在身後如何？」

喔～聽起來是個好點子。雖然我不討厭現在這種彷彿被緊擁入懷的搬運方式，但如果能用繩子把我固定在身後，然後揹著走的話，對拉蜜絲來說，應該也會比較便於行動吧。

「啊，這麼做好像不錯呢。你覺得可以嗎？」

「歡迎光臨。」

「可以是嗎？那我偶爾會再跟它一起過來喔～」

「嗯，拜託妳啦。這樣一來，擔任守門人的樂趣就增加嘍。」

「真是幫了大忙。」

感覺能確保穩定的銷售額了呢。因為點數就是我的一切啊。我還想採購更多新商品，也想追加新功能嘛。

累積點數，就是我現在最優先的任務。

「先回旅館一趟好了。口袋空空的情況下，也做不了什麼啊……」

啊，抱歉。是我讓妳散財了。等到經濟狀況更寬裕一點之後，如果能把一部分的收益分給拉蜜絲就好了。有空的時候，就來調查一下有沒有相關方法吧。

這個聚落裡散布著零星的巨大帳棚。雖說是帳棚，但並不是假日外出露營時用的那種，而是像游牧民族當作住家的蒙古包那樣，有著看起來相當堅固的圓形外觀。

每個帳棚似乎都是一間商店或民宅。站在入口附近的人們紛紛對我們投以困惑的眼神。一名體型嬌小的少女，抱著一個巨大的四方形鐵塊行走。看起來確實是奇特的光景。

這個聚落的地面很平整。雖然不是經過整頓的水泥或地磚步道，但比起外頭，這裡更好走得多。

「那就是我住的旅館喔。」

前方出現了一棟聚落內罕見的二樓木造建築物。

賺錢祕訣

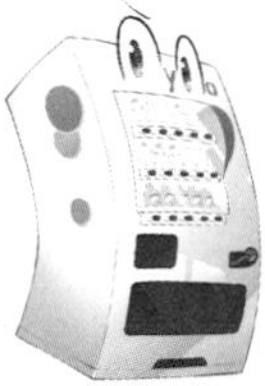

「老闆娘～我回來嘍！」

拉蜜絲打開旅館大門，將我放在旁邊，然後快活地出聲打招呼。

在這個打掃得很乾淨、看起來像是大廳的地方，一名有著豐腴體態的女性，手上握著掃帚，愣愣地張大嘴巴望向我們。

「原來妳平安無事嗎！我好擔心喲。唉～～妳應該沒變成死人魔吧？有確實在呼吸嗎？」

「我活著喔，確實活著。雖然發生很多事，但我總算順利回到這裡來了。」

面對不停拍打自己的身體確認的旅館老闆娘，拉蜜絲帶著有點僵硬的笑容向她說明。不知是這個聚落的人都很溫柔，抑或拉蜜絲是個深受大家喜愛的女孩子，總之，我們的立場似乎還不壞。

「跟妳組隊的那些獵人，之前每個都遍體鱗傷地回來，還說妳已經死了。結果我女兒對那些人放聲怒吼，說她絕不相信有這種事。」

「也讓姆納咪替我擔心了呢。之後得跟她道歉——」

「啊啊啊啊啊啊啊！拉蜜絲——————！」

一道足以震撼整座大廳的尖叫聲，讓兩人的肩頭抽動了一下。拉蜜絲轉過頭，發現一名少女衝下樓梯的身影。

這名少女用雙手環抱著裝滿換洗物的大籃子，將一頭偏紅的髮絲編成辮子，頭上纏著三角頭巾，身上則是穿著和老闆娘一樣配色低調的圍裙。是這間旅館的制服嗎？

雖然不是會引人注目的外表，但看起來很樸實的她，同時也有著給人聰穎印象的銳利眼神。說穿了，感覺就是沒什麼特徵、不太起眼的女僕。

這樣的她，以驚人的氣勢衝下樓梯，趕到拉蜜絲面前後，便將洗衣籃擱在地上，用力揪住拉蜜絲的肩頭問道：

「咦，妳還活著嗎！不是死人魔對吧！」

「姆……姆納咪，我還活著、我還活著啦！」

拉蜜絲叫那個女孩姆納咪。所以，她就是老闆娘的女兒嘍？不愧是母女，劈頭就是同一句話。

她揪住拉蜜絲的雙肩，不停激烈地前後搖晃。感覺拉蜜絲的脖子都快被搖斷了呢。還是快點住手吧……

「真是的～妳知道我有多擔心嗎？我去逼問跟妳一起行動的那些傢伙，原來他們當初是丟下妳自己逃走呢。為了讓他們無法繼續在這個聚落裡過日子，我四處散播了他們的負面傳聞喔。呵呵呵呵呵。」

微微低下頭的她，臉部蒙上了一層陰影。看起來很可怕耶。是一旦生氣就會很不妙的類型嗎？

「所以，他們才會慌慌張張地打包行李離開啊……」

老闆娘嘆了一口氣。

「話說回來，那是什麼？妳放在門口那個看起來很重的東西。」

「噢，這孩子是我在湖畔撿到的。」

「拉蜜絲……妳又撿奇怪的東西回來了啊。妳還記得之前把蛙人魔的小孩帶回來，因此引發了一場大騷動嗎？」

「唔……嗯。可……可是，這次不一樣喔。這孩子非常方便，還救了我一命呢。」

被老闆娘母女用死魚眼盯著看的拉蜜絲，雖然顯得有點手足無措，但還是好好說明了自己和我相遇的經過、我具備的功能，以及她今後的打算。

「我大致上理解了……不過，就算妳想回到地表，讓休爾米看看這個魔法道具，但傳送陣的費用要怎麼辦？旅館的住宿費呢？妳看起來好像搞丟所有行李了耶，拉蜜絲？」

「啊，是的。我現在一無所有……完全無能為力。」

在老闆娘宛如連珠砲的提問攻勢後，拉蜜絲垂下頭來，無力地跪坐在地上。

……因為她貴重的財產，幾乎全都進到我的體內了呢。把拉蜜絲至今和他人對話中的重要單字擷取出來，應該就是「地表」、「傳送陣」和「迷宮」了吧。

這裡是迷宮內部。想回到地表的話，必須使用傳送陣，而且得支付一筆不小的使用費。然後，現在的拉蜜絲很缺錢。抱歉。

迷宮內部啊……雖然很不真實，但我現在是一台自動販賣機沒錯吧……在這種情況下，也只能對常識和真實感這類東西嗤之以鼻了。只能秉持「反正就是這麼一回事吧」的想法，然後接受現實。

就算想加入那兩人的對話，光是用「歡迎光臨」、「謝謝惠顧」、「期待您下一次的光臨」、「如果中獎就能再來一瓶」、「太可惜了」、「中大獎了」、「請投入硬幣」這些台詞，又能表達什麼呢？

在我思考這些事情的時候，拉蜜絲和老闆娘的對話也來到尾聲。

「真沒辦法，妳就暫時在這間旅館工作吧。那個鐵箱就放在外頭，讓它幫忙吸引客人上門好了。這樣一來，也能把它裡頭的商品賣出去，算是一舉兩得。」

這可真是求之不得呢。

「歡迎光臨。」

「嗚哇，它真的會說話呀。那就麻煩你招攬客人嘍。」

「啊！可是，擔任守門人的卡利歐斯先生有交代，希望我能偶爾帶著它過去門口呢。」

「好啊，妳工作到一個段落的時候，可以離開旅館把它帶過去。」

「好的～」

於是，我開始了在這個聚落的生活。

這個聚落裡頭約莫聚集了一百名左右的成員，但面孔更替的速度相當快。好像只有固定在這裡做獵人生意的人，才是長久定居的居民。

所謂的獵人，似乎是以討伐魔物、收集素材或擔任護衛這類委託維生，又或是專注於探索迷宮裡的寶物，以一夕致富為目標的人。這個聚落裡還有獵人協會的分部，負責將委託介紹給獵人，或是跟他們收購素材。

對了對了，這裡似乎是被稱為「清流之湖」的迷宮階層之一。明明抬頭就能仰望天空，卻是在迷宮內部嗎……除了讚嘆異世界的神奇，好像也不知道該說什麼了。

要從這層樓的一端移動到另外一端，似乎必須花上三星期的時間。而這裡主要的棲息生物，除了被直接當作階層名稱的清流之湖裡頭的魚介類以外，還有被喚作蛙人魔的半蛙人。另外，好像還有被稱為三大勢力的生物，但詳細資訊我不太清楚。

順帶一提，我的情報來源，是每天都會來跟我說上幾句話的拉蜜絲，或是從旅館住宿客的對話偷聽來的。另外就是——

「結果啊，我這麼說了。『保護這裡，讓目無法紀者沒辦法作亂，就是我的工作』這樣。」

身為守門人的卡利歐斯。他似乎還挺閒的。在我被設置在門口附近時，他就會很頻繁地向我搭話。

「歡迎光臨。」

「話說，那些混蛋青蛙這陣子愈來愈囂張了，搞得很多人受傷。所以，最近應該會派遣大規模的討伐隊出去吧。」

「歡迎光臨。」

感覺只要出聲回應就行了，所以我只是一直重複「歡迎光臨」四個字。這樣倒也很輕鬆啦。

討伐隊啊……我來到這個聚落已經一星期了，難怪最近時常看到新面孔的獵人出現呢。

「唔，有點口渴了。不過，這幾種我都喝膩了吶。」

因為你每天都會買五瓶以上的飲料嘛。或許該採購一些新商品了吧。畢竟點數好像也增加了不少。這個星期以來，基於新奇和美味兩大要素，我一口氣變得相當有名，銷售額也出現驚人的成長。現在來確認一下好了。

《自動販賣機》

〈冰〉　礦泉水　　　　１０００圓　銀幣１枚（１３０瓶）
〈冰〉　奶茶　　　　　１０００圓　銀幣１枚（２４瓶）
〈熱〉　玉米濃湯　　　１０００圓　銀幣１枚（１９瓶）
〈常溫〉　加工洋芋片　１０００圓　銀幣１枚（３６罐）
ＰＴ　３２５３
〈功能〉保冷　保溫
〈加持〉結界

我補了好幾次貨，總計大概已經賣出四百個商品，所以累積點數也突破三千了。為了以防萬一，我很努力地貯存點數，但應該可以來追加新功能了吧。

我想追加的功能，需要消耗的點數都從一千點起跳，所以我遲遲沒能下定決心。不過，只是追加一項功能，應該不會有什麼大問題才對。

啊，可是，先按部就班地增加販售品項，好像會比較好？假設我追加了能夠提供熱水沖泡泡麵的功能，自動販賣機的構造就會出現變化。這樣一來，我很擔心會不會對其他商品造成影響呢……不對，成為一台能夠起動〈結界〉、追加功能、擁有人類意識的自動販賣機的時候，應該就無須煩惱這種常識等級的問題了吧。

唔……嗯～比起自己東想西想，依照客人的需求來考量或許更好。守門人卡利歐斯跟戈爾賽是我目前最忠實的客戶。快回想一下他們想要的東西吧。

我記得他們說過想吃更有飽足感的食物……這樣的話，我想提供關東煮罐頭給他們呢。可是，他們知道怎麼打開罐頭嗎？用拉環打開罐子的方式，在這個異世界感覺並不普及呢。再加上我又無法進行說明。

那麼，也只能放棄……啊，不對，應該行得通！

想起某件事之後，我從製造商名稱搜尋品項，然後花三十點追加了一百個關東煮罐頭。

「喔！我還想說怎麼突然發光，原來追加了新商品嗎？售價是……三千圓啊。三枚銀幣感覺有點貴吶。不過，看到新商品推出，豈有不買的道理！」

我懂，我很懂喔。自動販賣機推出的新商品，真的有股很可怕的魔力呢。我非常能夠感同身受。再加上外頭還印製了不斷冒出熱騰騰蒸氣、看起來就很美味的食物照片，讓人忍不住食指大動啊。

話說回來，文字無法通用，但數字卻可以這點，實在令人費解。不過，真要追究的話，為什麼我們使用的語言又能相通呢？只好相信這個世界存在某種能作為媒介的魔法了。

跟外頭的世界相比，待在這個被稱為迷宮階層的區域裡，感覺能賺更多錢。但同時，似乎也伴隨著不小的危險性。俗話說「高風險帶來高報酬」，所以，我的常客都是一些財力還算雄厚的人。

逗留在此地的商人，會刻意選擇在這種危險區域做生意，也正是基於這樣的理由。他們可以用高於地表的售價來販賣各式各樣的物品，買到貴重品的機會也很高。

在這樣的聚落擔任守門人，似乎能領到挺優渥的薪水。所以，他們才會不斷向我貢獻金錢。如果是位於地表的某個和平城鎮，像現在這種售價，八成一樣商品都賣不出去吧。

「哦，這東西好燙啊。不過，要怎麼打開？」

還是卡在這一關了嗎？你仔細看一下罐子吧。這個星期以來，我慢慢了解到卡利歐斯和戈爾賽都是很謹慎行事的人。所以，我才會對他們有所期待。

卡利歐斯用手指捏著罐頭，細細打量起來。戈爾賽好像也挺在意的。儘管還是工作時間，但他也用眼角餘光觀察著這個罐頭。將易開罐轉了一圈之後，他們倆都發現了一件事。

「嗯？這邊畫著不同的圖樣呢。是打開的方式跟食用方式？」

沒錯。考量到有的人可能不知道怎麼吃這個關東煮罐頭，這家製造商在罐子外頭加上了說明圖樣。

名氣在某條電器街傳開的關東煮罐頭，知名度開始遠播海外，引來不少狂熱的外國觀光客購買。結果，因為不清楚食用方式而燙傷的外國人也愈來愈多。為了讓看不懂日文的他們也能明白，這家製造商親切地將食用順序圖解畫在罐頭上。我剛才就是想起了這一點。

「呃，把上面這個拉起來……喔，好香的味道。然後再一口氣往後拉……打開了、打開了！」

很好，突破第一關了。以後就能提供這種罐頭給這兩人購買了。商品線再次拓展開來嘍。因為他們應該也會跟其他人宣傳，再過幾個星期，或許每位常客都懂得怎麼打開易開罐了。

卡利歐斯拿出一串為了方便食用而插在竹籤上的關東煮。那是由鵪鶉蛋、竹輪和蒟蒻組成的「黃金三兄弟」。

他將持續散發出熱氣的關東煮放進嘴裡，先品嚐了最上方的鵪鶉蛋。嚼了兩下之後，卡利歐斯的鼻孔噴出一股熱氣，眼角也彎成幸福的弧度。

「喔哇喔……不妙啊，這個太不妙了。搞不好會變成我的最愛吶。這顆煮熟的蛋，飽含多層次卻又清爽的滋味，咬下去的瞬間，和蛋黃混合的湯汁滿溢在口中……可惡，太不妙啦。會讓人想喝酒吶。」

吞下鵪鶉蛋之後，卡利歐斯開始咀嚼竹輪。

「咕～～這玩意兒也煮得很透，美味得讓人無法招架。雖然是第一次嚐到的口感，但這個好像帶點魚肉的味道啊？到底是怎麼做出來的？下面這個是……喔喔喔！吃起來ＱＱ的，卻不會讓人討厭吶！哈哈哈！太有趣了。」

看來，竹輪跟蒟蒻也深受卡利歐斯的好評呢。他把剩下的湯汁喝個精光，一臉滿足地從錢包裡再次掏出三枚銀幣時，卻被戈爾賽搶先一步上前投錢。

「你……你這傢伙！沒看到我還要再買嗎！」

「換我買了。」

看樣子沒問題了。可以期待關東煮罐頭的銷售量嘍。

經過口耳相傳後，只在清流之湖的聚落販售的關東煮罐頭，就此掀起一股熱潮。最近愈變愈冷的氣候，感覺也對我的銷售量貢獻了一份心力。今後也很值得期待呢。

自動販賣機的一天

來到這裡之後，我過著如下的每一天。

我的早晨從旅館外頭開始。在夜晚，我就算不睡覺也無所謂。但最近學會休眠模式之後，我發現自己能透過進入休眠的方式，來讓消耗的點數減半。雖說不睡也不會造成什麼問題，但一覺醒來總覺得精神特別好呢。

「阿箱，早安！」

拉蜜絲一大早就活力十足的嗓音傳來。換上旅館工作服的她，最近變得愈來愈有架勢了。

順帶一提，「阿箱」似乎是我的名字。命名者想當然是拉蜜絲。聽到旅館老闆娘的女兒姆納咪叫我「箱子」的她，覺得這樣的名字實在太不可愛了，所以便改叫我「阿箱」。

儘管她的命名水準讓人有點不敢恭維，但看到拉蜜絲臉上開心的表情，會用「歡迎光臨」一詞表示同意，我想也是沒辦法的事情。

「我們今天一整天也要努力喔！」

「歡迎光臨。」

拉蜜絲用一塊乾淨的布替我擦拭身體，然後一如往常地跟我說話。比起危險的獵人生活，我覺得她比較適合當旅館的服務員呢。不過，拉蜜絲或許也有自己的考量吧。

我懷著「今天一整天也要跟拉蜜絲一起努力」的心情，在取物口落下幾天前剛上架的運動飲料。

「今天也可以跟你拿嗎？」

「歡迎光臨。」

「謝謝你！」

光是看到她津津有味地飲盡運動飲料的模樣，就讓我這個機械打造的身體湧現一股暖意。

最近，我對自己的身體——自動販賣機的構造了解得愈來愈多，所以也能夠像這樣免費提供商品。

從頭到腳都被拉蜜絲擦拭得一塵不染的機身，在朝陽下散發出炫目的光輝。今天也努力做生意吧。

拉蜜絲返回旅館過了幾分鐘後，熟客們開始一如往常地現身在我眼前。

「歡迎光臨。」

「嗯，早安喲。不喝一瓶這裡的濃湯，感覺一天就無法開始呢。」

「妳也是這樣嗎，老奶奶？我也好喜歡它賣的甜滋滋的茶，不買來喝的話，感覺就打不起精神耶。」

「不不不，早上就是要喝水啊。睜開眼之後的第一杯水最棒啦。」

一對老夫婦和一名身型消瘦的青年這麼聊了起來。

印象中，這對老夫婦在附近以教授獵人們「加持」能力的鍛鍊和運用方法為生。根據傳聞，他們以前似乎都是身手矯健的獵人。

另一名青年，則好像是在附近的道具店工作，將來準備繼承那間店的老闆的兒子。每天中午，他都會到旅館一樓的餐廳吃午餐。聽拉蜜絲說，這名青年疑似對旅館老闆娘的女兒姆納咪頗有好感。

「謝謝惠顧。期待您下一次的光臨。」

我一如往常地對這三人說出道謝的台詞，眺望著他們離去的背影。

像是看準了離去的時間點似的，這次現身的是四名看起來剽悍又強壯的男人。

「呼～夜間守門的工作終於結束啦。今天要來點什麼呢？」

「歡迎光臨。」

是對銷售額貢獻最高的卡利歐斯一行人。他們是這個聚落的守門人，同時也負責維持治安的工作，通常會趁換班的時候過來買東西。

他們今天也是老樣子，買了飲料和加工洋芋片。接下來的這段時間會比較清閒。順帶一提，早上被擺在旅館外頭時，我不會提供關東煮罐頭。因為旅館也有賣早餐，我不想影響到他們的收益呢。

◆

會來跟我買東西的客人比較零散，出現時間也不固定。我的商品售價偏高，所以會頻繁過來購買的人占少數。每個星期會來買兩三次東西的人，便是我現在的主力顧客。

到了接近正午的時段，開始有身穿鎧甲、手持武器的集團，從獵人協會朝這裡靠近。

「雖然今天是單日來回的行程，但可別忘了買水喔。如果口袋夠深，也買幾個裝著燉煮食品的罐子，或是另外那種紅色紙筒比較好。」

「呃……這裡頭的商品要怎麼購買呢？」

「你不知道嗎？那我來教你吧。」

一名身穿黑色鎧甲、蓄著大鬍子，看起來像是集團領導人的男子，帶著幾分得意的表情開始說明。印象中，在四天前，抓準沒人的時間點來到自動販賣機前方，然後戰戰兢兢地購買商品的，就是這個人吧。

原來他還事先練習過了嗎？那張充滿威嚴的臉，現在看起來卻有點可愛呢。真是不可思議。

自動販賣機的商品具備密封性，而且還會在使用完畢後消失，因此，在必須外出探索迷宮或討伐魔物的獵人之間相當受歡迎。紅茶類飲品似乎大受女性獵人好評，聽說我最近上架的檸檬茶，還讓她們分成了檸檬茶派和奶茶派兩種陣營。

我販售的飲品中也包括咖啡，但感覺不太受歡迎。不過，因為還是有少數的死忠顧客，所以我並不打算將它下架。話雖如此，換成咖啡歐蕾，說不定會比較好呢。

進入這個時間帶之後，有不少習慣較晚起床的獵人會過來買東西，所以我會把關東煮罐頭上架販售。

到了中午，我會把關東煮罐頭暫時下架。這是旅館餐廳生意最興隆的時間，為了讓客人盡量踏進旅館用餐，我會努力用「歡迎光臨」來吸引他們上門。至於在用餐過後離開餐廳的客人，我也不忘送上一句「謝謝惠顧」。

在最賺錢的黃金時段過去，人潮也跟著減退之後，在視野一角蠢動的那個小小身影，可沒有逃過我的法眼。

那小鬼又來了啊。到了這個時段，有個小女孩幾乎必定會現身。將淺褐色長髮紮成雙馬尾的她，看起來就是個很囂張的孩子。年齡大概在十歲左右吧。

她的穿著打扮在這個聚落裡顯得相當高級，感覺是典型的那種「備受寵愛的千金大小姐」。

雖說有木造外牆抵禦，但外頭還是有魔物到處徘徊。在這種很難算得上安全的聚落裡，竟然會有這樣的小孩子出沒，一直讓我覺得很不可思議。聚落裡有一間由石磚打造而成的大型店鋪，我後來才知道，她似乎是坐擁那間店鋪的富商的孫女。

雖然這個小女孩總是一個人自由自在地在聚落裡閒晃，但我前幾天發現，在一段距離之外，其實一直有幾名保鏢在暗中保護著她。至於我為何能得知真相，也是因為尾隨她的其中一名黑衣男子在跟我買奶茶時，讓我聽見了他不自覺發出來的牢騷。

「希歐莉大小姐調皮好動的個性實在讓人傷透腦筋。如果她能夠更文靜一點，我們也會比較輕鬆呢。」

我當下還很同情那名黑衣男子，但現在，我只想大聲訓斥他們「好好管教這傢伙啦」。這個名為希歐莉的小女孩，早已經超過調皮好動能形容的境界了。

第一次遇見她時，看到希歐莉直直凝視著我，似乎在思考什麼的模樣，我便主動以「歡迎光臨」向她打招呼。但下一秒，她卻碎唸著「你打算和本小姐搭話，進行對自己有利的交涉吧」，然後落荒而逃。聽到她的聲音，發現她是之前被拉蜜絲搭救的那個小女孩，讓我吃了一驚。因為那時的她戴著帽子，所以我沒能看清楚她的長相呢。

隔天，問題發生了。如果她只是站在遠處，鼓起腮幫子怒瞪著我，倒還無所謂。但不知何故，希歐莉突然撿起腳邊的石子扔向我。畢竟只是手無縛雞之力的少女扔過來的石頭，所以並沒有對我造成損傷，只是讓我有點不悅。儘管如此，我仍把這件事當作小孩子不懂規矩的行為，所以沒有太計較。然而，到了隔天——

這次，肩上揹著包包的她，直接來到距離我很近的地方，以為她打算買東西的下一刻，希歐莉卻從包包裡取出小石子，打算將它們塞進我的取物口。這下實在忍無可忍了。於是，我在跟她距離極近的狀態下，以最大音量喊道：

「請投入硬幣。」

這讓希歐莉嚇得一屁股跌坐在地。

「無……無禮的東西！你、你以為本小姐是……是什摸人啊！」

儘管說起話來口齒不清，但她似乎陷入暴跳如雷的狀態了。這時，總計四名的黑衣男子和女子從旁衝上前抱住她。這樣的光景真是讓人不敢恭維呢。

接著，黑衣人集團將不停大聲下令把我砸壞的希歐莉強行帶走，所以事件也跟著告一段落。不過，嚴重的還在後頭呢。

希歐莉似乎是個自尊心很強的孩子。因為無法原諒讓自己嚇一大跳的我，她的惡作劇一天比一天誇張。打算對我潑油漆之類的液體那次，因為被我嚇到，結果反而淋得自己渾身都是。打算用很硬的棒子將我敲壞那次，則是因為自己跌倒而哭出來。雖然她從未成功過，但這些可不是能笑著用「這孩子真有活力啊」來一語帶過的行為呢。

在我想著「她今天又打算做什麼啊」，同時提高警覺的時候……咦，她低垂著頭，無精打采地走過來了呢。看起來很明顯是心情沮喪的狀態。倘若這只是裝出來的，那她的演技可說是相當精湛。不過，個性這麼好懂的孩子，應該無法賣弄這種小聰明吧。

嗯～雖然來到我的眼前，但希歐莉並沒有打算惡作劇的樣子，只是茫然呆站著。抬起頭來的她，雙眼似乎因哭泣而有點紅腫。是家裡發生什麼事了嗎？

以往總是活潑到讓人恨得牙癢癢的孩子，現在卻變得這麼沮喪。看到這樣的她，會想做點什麼，或許也是人之常情呢。真沒辦法。現在我就表現一下大人的風度吧。

把商品一覽表看過一次，挑個小孩子會喜歡的飲料吧。看起來大概是柳橙汁比較適合。而且還不是百分之百原汁，是糖分含量比較多的那種。

這樣的話，廣告打很大的那牌果汁應該很適合。嘿咻。我採購了一款新的果汁，然後把它落在取物口。

「咦，剛剛的聲音是……」

「歡迎光臨。」

小妹妹，今天我請客。下次妳可要像之前那樣付錢買喔。

「這個……可以免費拿走嗎？」

她捧著柳橙汁的瓶子愣愣地開口問。這樣看起來還挺可愛的嘛。說到希歐莉平常的表情，不是在生氣，就是在鬧彆扭，又或是一臉不滿。不過，應該能期待她長大後的模樣呢。

「那……那個，謝謝你。」

「期待您下一次的光臨。」

接近黃昏的時候，拉蜜絲會揹著我到聚落的門口去。畢竟抬著我移動很不方便，所以她就買了一副搬運貨物用的改良式後揹架，讓我們能夠更輕鬆地移動。

拉蜜絲輕輕將我在大門旁放下。每天晚上，在旅館的餐廳兼酒吧的營業時間結束前，我都會待在這裡。順帶一提，旅館老闆娘向我採購了大量的加工洋芋片和關東煮罐頭，似乎打算拿來當成店內供應的下酒菜。

因為平常受到老闆娘的諸多照顧，另一方面，也當作是跟她借用場地做生意的租金，在老闆娘跟我進貨時，我會以半價的優惠提供商品。

「呼～冷死啦。喔，又有新商品上架了？呃，不過，我記得藍色按鈕代表的是冷飲嘛。雖然看起來很好喝，但還是算了。就買平常喝的那款濃湯吧。」

「我就喝熱的那種甜甜的茶吧。」

「啥！甜甜的茶也有熱的嗎！可惡，我等一下也要買。」

熱奶茶也新上架了喔，還請多多捧場。

卡利歐斯和戈爾賽兩人每次都會購入不少商品。在心存感激的同時，我也替他們的錢包擔心起來。聽說守門人的收入還算高，所以應該是沒問題……話說回來，讓他們散財的我擔心這種問題，感覺也很微妙耶。

我會被設置在大門旁邊，不光是因為守門人們都很喜歡我的商品。不知為何，我出現在這裡的時候，蛙人魔就不會襲擊聚落──這樣的迷信似乎成了主因。

「阿箱～！差不多要回去嘍～」

喔，拉蜜絲在叫我。旅館的工作結束了嗎？那我今天的工作也到此為止了。

兩位守門人最後購買的熱飲，就是我今天的最後一筆生意。

拉蜜絲再次把我固定在後揹架上，然後用難以和嬌小體型聯想在一起的怪力輕鬆將我揹起。

我們兩人……一台和一人就這樣走在從聚落門口返回旅館的路上。

「今天啊，旅館來了一位很有趣的客人喔。對方好像是第一次踏進這座迷宮，是個年紀看起來跟我差不多、非常有活力的獵人呢。」

「歡迎光臨。」

對了，那拉蜜絲又是幾歲呢？我擅自認定她是個十五六歲的少女，但實際年齡或許還是有些差異吧。

「那你呢，阿箱？」

「如果中獎就能再來一瓶！」

「這是很開心的意思嗎？要是我們有一天能夠盡情和彼此聊天就好了呢。為此，得快點努力存錢，然後去跟休爾米見面才行。這樣的話，我覺得你一定能夠變得可以做到更多事情！」

拉蜜絲認為是我救了她一命，所以在各方面都很為我盡心盡力。不過，被拯救的應該是我才對呢。要是沒和拉蜜絲相遇，我大概已經在湖畔停止運作了吧。

該表達感謝的是我。真的很——

「謝謝惠顧。」

「怎麼突然這麼說？不要跟我道謝啦。我才是受到你諸多幫助的人啊。謝謝你。」

聽著拉蜜絲稀鬆平常的談天內容，儘管我只能以固定台詞回話，她卻還是露出了滿足的笑容。這樣就夠了。

在異世界變成一台自動販賣機——這樣的狀況雖然讓人摸不著頭緒，但我開始覺得這種生活似乎也不賴了。如果生著一張臉的話，我此刻想必會為了自己的想法而露出苦笑吧。

在異常環境下的這種日常生活，希望能夠永遠持續下去。我打從內心這麼想著。

會長

我今天也精神百倍地在旅館外頭醒來。

一開始，原本還出現過一些打算將我偷走的人，但最近的日子相當和平。那個褐髮雙馬尾的千金大小姐也不再對我惡作劇，變得願意好好跟我買東西。

她似乎很喜歡柳橙汁，我之後再來增加其他種類的商品好了。

平常，到了這個時段，那對老夫婦和青年應該就會現身。但今天出現的，是一名不同於他們的陌生訪客……不知為何，他一動也不動，只是默默盯著我看。

身為自動販賣機的我，有著超過一百八十公分的平均身高，但眼前這頭巨大的熊又再比我高一個頭。雖然我把對方喚作「熊」，但他真的是一頭熊。

這頭巨大的黑熊穿著一件連帽長版大衣。這不是在騙人、開玩笑或是比喻，他真的就是一頭熊。一般來說，這應該是足以在聚落裡掀起一場騷動的情形，但經過這裡的路人，都只是朝那頭熊瞥一眼便離開了，無人表現出驚訝的反應。

所以，在這個世界裡，半熊人或許並不算罕見？畢竟都有半蛙人存在了嘛，就是這麼一回事

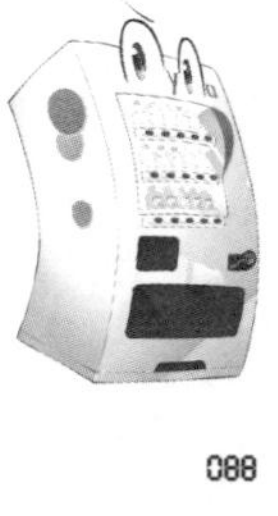

……吧？

「咦～會長，你在這裡做什麼呢？」

將旅館大門猛地推開，以一如往常的活潑嗓音大喊的人，正是拉蜜絲。

她剛才稱呼這頭熊為會長？有著這番樣貌的他，原來是什麼大人物嗎？拉蜜絲這麼一說，我似乎也覺得這頭熊生得一張莫名帶有知性的臉。

「唔，是拉蜜絲嗎？」

這是什麼重低音嗓音啊。再加上他的外貌，感覺散發出來的存在感更有魄力了。明明只是回了一句話，卻足以讓人覺得他彷彿是個可靠的上司。

「好罕見喔，身為獵人協會會長的你，竟然會到這裡來。」

「嗯。我有點事想拜託這台擁有自我意志的魔法道具。」

咦，我嗎？獵人協會的會長，可以算是相當了不起的高層人士吧？這樣的大人物會想拜託我什麼事？

「原來你有事要找阿箱啊。既然這樣，不要站在這裡說話，進來裡面坐吧！我會負責把阿箱搬進去。嘿咻！」

我也習慣讓她搬運自己了呢。雖然有種被看護包辦生活起居的感覺，但對於無法靠自己移動的我來說，在日常生活中，我確實不斷感受到拉蜜絲的存在對自己愈來愈重要一事。

拉蜜絲拉開旅館圓桌旁的一張椅子，然後將我放下。熊會長選擇了我對面的座位。他巨大的身軀坐下來的瞬間，椅子跟著嘎吱作響。

一旁的拉蜜絲則是守在我的右側。

「作為一名獵人，妳的怪力是一大優勢吶。妳不打算回來嗎？」

「我現在覺得旅館的工作很開心呢。而且，就算我回去當獵人，也沒有人願意和我組隊，所以……」

「唔，我倒覺得沒這回事呢。總之，妳隨時都能回來喔。」

「謝謝你，會長。」

熊會長霸氣十足地點點頭。雖然拉蜜絲說自己是個不成氣候的獵人，但會長對她的評價似乎並不差。如果和能夠支援彼此的伙伴組隊，應該就可以讓她充分發揮自身的才能了。

「那麼，關於我想商量的事情……最近，我們有個攻打蛙人魔據點的計畫。你是叫阿箱沒錯吧？我希望你也能一起參加。」

這還真是個令人意想不到的提議。他應該不是對我的戰鬥力有所期待才對吧？

「咦，可是阿箱無法戰鬥耶？」

「我明白。我希望它能在隊伍移動時提供食物和飲料。雖然我們也準備了數量相當充足的糧食，但畢竟戰鬥總是充滿未知數。能夠即時享用的溫熱食物，對獵人來說相當珍貴。當然，向它購買商品的人必須自掏腰包。除此以外，我還會再支付一筆報酬。你覺得如何？」

我覺得這個提議還不賴。因為蛙人魔對我懷抱著高度警戒，所以我遭受到攻擊的可能性應該很低。再加上同行的獵人們感覺也會跟我購買大量的商品……

不過，他們打算怎麼搬運我呢？如果能用馬車載我，倒是沒問題啦。

「怎麼樣，阿箱？你願意接下這個委託嗎？」

「歡迎光臨。」

我馬上這麼回答。如果要繼續在這個聚落生活，跟獵人協會的會長套點交情，也不是一件壞事。而且，我還能趁這個機會提昇自己的知名度，擄獲大量的死忠顧客。我會讓他們的味蕾記住我的商品的滋味，讓他們為我的商品瘋狂。

「阿箱，你想去是嗎？好，那我也要參加！」

雖然拉蜜絲自告奮勇地舉手，但我不太希望她做出危險的舉動呢。我覺得不當獵人，就這樣繼續在旅館工作的生活，似乎比較適合她。

「妳也願意參加啊，拉蜜絲。那麼，讓阿箱跟妳一組，負責搬運和供給食物的工作，這樣可以嗎？」

「好的～阿箱就交給我吧！」

跟我一起行動的話，可能就不會遇上危險了。再說，情況危急的時候，我還能起動〈結界〉

會長

來保護她。這樣的話，應該就不要緊了吧。

而且，如果不幫忙對付蛙人魔，聚落有可能因牠們而陷入危機，屆時拉蜜絲恐怕也無法平安無事。

得出共識後，熊會長便離開了旅館。討伐日似乎是訂在三天之後，我也先做些準備吧。正好，我也想來增加一些食物的種類。就利用這三天來試試哪種商品比較受歡迎好了。

◆

三天後，約定的日子到來。

我已經就定位，也就是被固定在後揹架上了。我的身邊圍繞著將近三十名看似獵人的男男女女。城鎮裡似乎只剩下防衛戰需要的最底限人力，大部分的人都參加了這場作戰。

雖然聚落的存亡很重要，但更重要的是，聚落裡的傳送陣絕不能被敵人占據。那個傳送陣能夠將人直接從地表傳送到清流之湖，是存在於這個階層的魔法裝置。

上方階層的人好像也能透過傳送陣來到這裡。每個階層都存在著所謂的階層霸主，只要打倒牠，眼前就會出現傳送陣。踏進傳送陣裡頭，便能前往下一個階層。這似乎就是這座迷宮採用的系統。

就算不打倒階層霸主，在迷宮入口支付費用的話，一樣能使用傳送陣。所以，只要是階層霸主曾經被打倒，傳送陣也因此解放的階層，就能從那裡前往其他地方。

愈是位於下方的階層，愈會出現強大的敵人。不過，依階層不同，有些地方倒不會出現太強的敵人，因此可以輕鬆賺錢。以前，卡利歐斯曾一臉得意地告訴我，這個清流之湖就是這樣的階層之一。

然而，沒有比「多數暴力」更恐怖的東西了。到了繁殖期，半蛙人會產下大量的卵，而這些卵也會一口氣長大。因此，在正式邁入冬季之前的這個時節，牠們會變得很難對付。這好像是姆納咪之前說的。

「今年也到了這個時期了嗎？」

「畢竟報酬很豐厚嘛。我可要趁這個機會大賺一筆嘍。」

年約三十五歲上下的戰士兩人組閒聊著。他們身上散發出一股資深獵人的幹練氣息，看起來可靠不已。這樣的討伐戰似乎是每年的例行公事。為了參加，很多獵人都會看準時機造訪這個聚落，商人們也都說這是賺錢的大好機會。

「我……我們還是採用穩紮穩打的方式吧。不要太勉強自己了。」

「嗯。就算只對付比較弱的敵人，也能賺到錢嘛。」

也有很多生澀的新人參加了這次的作戰。面對初次體驗的集團行動，他們看起來有些緊張。

從人數來看，這支作戰小隊應該不至於一下子就敗退。不過，和往年相較之下，今年的蛙人魔數量特別多、活動也格外頻繁這點，仍令人憂心。

倘若情況真的陷入危急，我希望至少能守著拉蜜絲撤退……好想要那個得用十億點點數交換的變形功能喔。

「阿箱，在我背上會不會不舒服？」

「太可惜了。」

拉蜜絲貼心地這麼詢問我。這或許也是她舒緩緊張情緒的一種方式吧。總覺得她的臉色看起來有點蒼白。

負責運輸糧食和物資的部隊，是叫什麼來著……以前，某個軍事迷的朋友在玩這類遊戲時好像有說過。是運輸兵嗎？算了，叫補給部隊應該就行了吧。我們所屬的部隊基本上不參與戰鬥，只會和山豬推車——不是馬車，而是額頭上長角的大山豬拉的推車一起行動。

大家似乎都對物資在戰鬥中的重要性有充分的理解，因此，有六名獵人被安排守在我們的身邊。

「別太緊張。我們好歹也有中等程度的實力吶，可不會比蛙人魔遜色。」

一名戴著帽簷很寬的帽子、臉上生著鬍渣的粗獷男子向我們搭話。他感覺很像會在西部片裡頭登場的槍手，只是插在腰間的不是手槍，而是兩把短劍。

他似乎是護衛六人組裡頭的領導人，給人的感覺不會太緊繃或太散漫，有種恰到好處的自然。我之前從來不曾看過他，所以，這個人或許是臨時過來參加討伐戰的成員之一吧。

「好的，還請多多指教！」

拉蜜絲猛地朝男子彎腰鞠躬，所以在她背後的我也同時往前傾。差點被我撞上的男子朝後方輕輕一躍。

「唔喔……這就是那個擁有自我意志的箱子嗎？它在聚落裡可是蔚為話題呢。」

「這孩子叫做阿箱。把錢從投幣孔放進去，再按壓想購買的商品下方的突起部分，商品就會掉下來喔。」

拉蜜絲的說明也愈來愈有條理了呢。一開始，有很多人都不知道該怎麼跟我買東西，是她透過實際示範指導了那些人。在我的知名度攀升到某種程度後，拉蜜絲還在我旁邊設立了一塊告示牌，並在上頭寫下簡易的說明。看到告示牌內容的居民，便會戰戰兢兢地嘗試向我買東西。現在，總覺得有點懷念呢。

「哦～這還真方便吶。能夠在探索迷宮或戰鬥的時候，即時取得食物或飲料。雖然巨大的體積是美中不足之處，但只要僱用一名像妳這樣的搬運人員，或許能帶來龐大的利益。」

表達佩服之意是無所謂，但我彷彿看見男子的眼底瞬間閃過一道昏暗的光芒。那感覺跟之前想搶走我、最後卻以失敗告終的人有點像呢。或許也要多警戒這個人比較好。

「啊，你剛才湧現了想要阿箱的想法對吧？不行喔，這孩子是我的朋友呢。」

果然如我所想。拉蜜絲似乎有著敏銳的直覺，或說能夠讀取他人腦中的想法。不過，因為本人是那種性格，所以沒能徹底發揮這樣的能力就是了。

「唔喔！被看穿了啊。它叫阿箱是嗎……我那邊如果有這傢伙，也會很方便呢。不過，作為友誼的證明，我就買一樣東西吧。現在不需要買水……就選這個圖樣看起來像是羅瑪瓦切片的飲料吧。」

「那個是冷飲喔。突出來的部分是紅色的才是熱飲。」

「喔，原來如此啊。謝嘍。」

男子最後買了熱的檸檬茶。儘管感覺有點可疑，但客人就是客人，我會確實提供商品給你的。

確認他從取物口拿出商品後，我道出「謝謝惠顧。期待您下一次的光臨」的致謝台詞。

「哦~它真的會說話啊。哎呀呀，實在很厲害。我沒看過這種容器吶。這麼細膩的圖畫，應該不是每一瓶都親手畫上去的吧？是怎麼弄出來的？」

「呃……我不清楚耶。啊，喝完裡頭的飲料之後，容器會自動消失，所以也不用煩惱丟棄垃圾的問題。」

拉蜜絲的說話語氣變成原本那樣了。雖然她一開始都會努力說敬語，但總是馬上恢復成一般的語氣。這是她的缺點，同時也是賣點。我覺得自然一點的她更有魅力呢。另外，我也不討厭方言模式喔。

「真的假的啊。那麼，就是味道的問題了……咕哈～～！真好喝。不但熱騰騰的，滋味也超棒吶。如果把它放在富裕階層的住宅區，肯定能大賺一筆啊。不過，它要怎麼補充商品？」

這個男人提出的問題都一針見血呢。除了好奇心旺盛，他或許也同時在腦中精打細算吧。可能是個對發財機會相當敏銳的人。

「這個嘛，阿箱從來沒有補充過商品呢。它至今明明已經賣掉幾百個商品了說。很不可思議吧？」

「這個箱子真是愈來愈讓人感興趣啊。喂，菲爾米娜。我們剛才的對話妳應該都有聽到吧？過來一下。」

「有什麼事嗎，凱利歐爾團長？還有，你的聲音太大了。」

被叫過來的，是一名有著藍色大波浪捲髮的女子。她的一道柳眉又細又長，眼角微微上揚的一雙鳳眼則給人強勢的感覺。因為她的臉蛋十分標緻，所以總覺得有點可惜呢。

女子手握著表面凹凸不平的木製魔杖，身上披著一襲湛藍色的長袍。看起來應該是魔法師，而且還是水屬性的。

「妳對魔法道具和遠古祕寶挺熟悉的吧。能看出這個阿箱的什麼情報嗎？」

「我從剛才就一直在觀察，卻感受不到半點魔力，我認為它只是個無機物的鐵塊罷了。」

呃，嗯。因為我是自動販賣機嘛。

「可是，從它不需要補貨，就能持續提供商品這點看來，應該是使用了轉移系魔法，或是把商品收納在異次元裡頭？」

「一般來說是這樣沒錯。倘若是某種加持能力，有可能會感測不到魔力。不過，鐵塊不可能使用加持能力。」

啊，嗯。其實我可以使用加持能力呢。看來，自動販賣機會使用加持能力，果然是很奇怪的事情吧……我也知道啦。暫時避免起動〈結界〉，觀察一下周遭的反應再行動，可能比較妥當。

「感覺是無法套用一般規格的存在吶。雖然還是搞不太懂，但你願意助我們一臂之力，就讓人很感激嘍。多指教啦，阿箱。」

「謝謝惠顧。」

儘管是個有點可疑的男人，但既然他跟我買了東西，就必須確實道謝。為了避免善良過頭的拉蜜絲受騙上當，我恐怕得從旁監視才行了。

討伐隊

蛙人魔的巢穴……或說是聚落吧，位於我之前所在的湖畔往北走一小時左右的位置。

所以，當初才會有半蛙人不時跑來窺探我啊。要是那時選錯加持能力，我現在可能已經成了一堆廢鐵呢。還好沒有選擇戰鬥系的能力……不過，就算選了，這個自動販賣機的身體也無法使用吧。

「歡迎光臨。」

「謝謝惠顧。」

「期待您下一次的光臨。」

嗯，現在生意興隆到讓我無法深入思考呢。我從剛才就一直是營業模式全開的狀態，向客人致謝的台詞幾乎不曾間斷。

到了中午，討伐隊的獵人們原本打算拿出自己隨身攜帶的乾糧，或是山豬推車上大量堆放的糧食食用，但因為拉蜜絲的一句話，我的四周開始聚集起大量的客人。

「這個麵類料理超級好吃呢。」

沒錯。考量到這次的遠征行動，我花了一千點追加新功能。現在已經進入早晚都偏冷的季節，所以我追加了能對商品注入熱水的功能，也增加了四種杯麵商品——豆皮烏龍麵、醬油拉麵、豚骨拉麵和鹽味拉麵。打造出可以因應個人喜好選擇的商品線。

另外，因為我做生意的對象，是對這些商品一無所知的異世界的人，所以我選擇採購的商品，理所當然都是沖泡熱水即可輕鬆享用的東西。這類商品的容器外側都會以文字和圖片說明食用方式，拉蜜絲和姆納咪當初也是看了馬上就明白了。

套用杯麵販賣模式後，相關功能大概占去了自動販賣機一半的空間，擺放飲料的範圍也跟著縮小，或許算是缺點吧。不過，因為我可以自由套用或撤換杯麵相關功能，所以也能馬上恢復成原本的模式。

很幸運的，今天是個有點冷的陰天。看到拉蜜絲津津有味地吃著麵條的模樣，客人紛紛聚集過來，讓生意好的不得了。

順帶一提，一杯杯麵的售價是兩枚銀幣。加選的叉子會和杯麵一同送上，所以這方面的對應也很完美。

「咕哈～感覺身子從裡頭暖起來了吶。」

「這一大片褐色的東西煮得很入味，好好吃喲～」

「妳的看起來很好吃耶，我們來交換一口吧！」

獵人們和樂融融地一邊大啖杯麵，一邊和彼此分享感想。我一下子就賣出了四十杯杯麵和大量的飲料。畢竟是需要勞動肉體的職業，一次吃兩杯以上的人好像也不在少數。

徒步到蛙人魔的聚落，光是單趟的距離就得花上兩天。考量到這一點，討伐部隊在山豬推車上囤放了大量的糧食，所以在吃的方面可說是高枕無憂。不過，不花太多心力準備中餐，似乎是獵人的基本常識。再加上我提供的商品又很罕見，所以才能造就這樣的銷售量。

不用說，開發者在多次嘗試錯誤後打造出來的味道，自然也是美味無比。實際感受過這種高品質之後，就會發自內心慶幸自己生前是個日本人呢。

從這樣的情況看來，在遠征途中，我似乎能海撈一筆了。雖然我覺得把售價訂在三枚銀幣也沒問題，但因為趕走蛙人魔是最優先的目標，所以，我懷著支援他們的心意，把售價稍微調降了一點。

走在討伐隊最尾端的我們和戰鬥完全無緣。除了偶爾會聽到打頭陣的獵人們發出的怒吼聲，以及劍戟相交的聲響以外，可說是相當和平。

在隊伍行進時，不會有人來跟我買東西，所以我有很充裕的時間來再次確認自身的能力，順便摸索今後的營業方針。

把自己的所有能力顯示出來後，大概是這樣的感覺：

《自動販賣機　阿箱》

耐用度　100／100

堅硬度　10

力量　0

敏捷　0

命中率　0

魔力　0

PT　3600

（冰）　礦泉水　1000圓　銀幣1枚（130瓶）

（冰）（熱）奶茶　1000圓　銀幣1枚（124瓶）

（冰）（熱）檸檬茶　1000圓　銀幣1枚（65瓶）

（冰）運動飲料　1000圓　銀幣1枚（78瓶）

（冰）柳橙汁　1000圓　銀幣1枚（65瓶）

（熱）玉米濃湯　1000圓　銀幣1枚（119瓶）

（熱）關東煮罐頭　3000圓　銀幣3枚（56罐）

〈常溫〉 加工洋芋片 100圓 銀幣1枚（136罐）
〈常溫〉 杯麵 豆皮烏龍麵 200圓 銀幣2枚（85杯）
〈常溫〉 杯麵 豚骨拉麵 200圓 銀幣2枚（92杯）
〈常溫〉 杯麵 醬油拉麵 200圓 銀幣2枚（88杯）
〈常溫〉 杯麵 鹽味拉麵 200圓 銀幣2枚（89杯）
〈功能〉保冷 保溫 注入熱水（杯麵對應模式）
〈加持〉結界

顯示出來的文字也增加太多了吧。還是個別確認一下商品比較好。

加入討伐隊的這段期間，就設定成隨時能提供杯麵的狀態，而飲料則是每種品項都擺一瓶出來吧。

不過，因為追加功能而讓外觀出現截然不同的變化，簡直像是被施了魔法一樣呢。諸如機體配色、設計和外型變更這類的情報，會不會也有寫在功能清單裡呢……有耶。

哦～原來可以自由改變配色啊。還可以追加圖樣、設計按鈕造型，或是裝上LED跑馬燈嗎？自由度好高喔。

改變配色好像不會消耗太多點數，但改變外型和加裝LED跑馬燈，就需要不少點數了。這就等我存到更充裕的點數再說吧。

在我研究功能追加選單裡的各種詳細情報時，時間一轉眼就過去了。回神過來的時候，周遭的景色已經轉暗。

「就在這個地方過夜吧。請大家開始各自進行紮營的準備。」

這個低沉渾厚的嗓音，應該是來自獵人協會的會長吧。對喔，他也有加入這支討伐隊嘛。聽說他原本就是個很厲害的獵人，在這支隊伍中，也是實力特別突出的強者。

有些人搭起了帳棚，但只是圍著營火坐下的獵人占了多數。這些人打算只披一條毯子入睡，或是睡在睡袋裡嗎？因為很在意拉蜜絲打算怎麼做，我移動視線，結果發現她只是滿臉笑容地坐在我旁邊。

……雖然看起來好像什麼都沒在想，但拉蜜絲過去好歹也是一名獵人，應該不至於這樣吧？不過，因為她揹著我，所以好像什麼行李都沒帶呢。要不要緊啊？

對於我的擔憂渾然不覺的她，專心致志地挑選著自己打算購買的商品。明天就是決戰日了，因此，其他獵人似乎也想在今晚吃一頓特別豐盛的晚餐，所以花了一些工夫準備。

大部分的獵人今晚都只買了飲料，關東煮罐頭和杯麵沒有賣出多少。他們或許是為了減少行李，所以想盡可能消耗帶來的食材吧。

「我真的很喜歡這個用竹籤插著的食物呢。如果整串都是這種小顆的蛋，那就更棒了。」

原來拉蜜絲是鵪鶉蛋派嗎？鵪鶉蛋的單價比較高，如果改成整串鵪鶉蛋的關東煮，進貨成本感覺也會跟著提高呢。說到關東煮，我則是少不了麻糬豆皮包和白蘿蔔。

拉蜜絲今天的晚餐是關東煮、奶茶，還有豆皮烏龍麵。這樣攝取到的營養，到底算不算均衡呢……

「你們現在方便嗎？」

一個巨大的軀體，像是要把拉蜜絲整個人罩住般出現在她的身後。是會長啊。

在他這麼靠近之前，我完全沒有發現呢。看來，說他是菁英獵人的傳聞是真的了。

「會長，你也要買點什麼嗎？」

「說得也是。我等等買一瓶黃色的濃湯吧。比起這個，我想討論一下明天的事情。從這裡大概再步行三小時，就會抵達蛙人魔的聚落。這塊空地的周遭都被草木包圍，所以光線不會透到外頭，是個適合紮營的地點。被敵人發現的可能性應該也很低。」

所以他們才會生火啊。我原本一直很不解，明明已經相當靠近敵人的大本營，怎麼還在夜間做出這麼引人注目的行為呢？現在終於弄清楚了。

「所以，請你們選擇要在這裡待命，或是和我們一同前往戰場。留在這裡的話，也可能會遇上倖存的蛙人魔黨羽或是其他魔物。雖然擔任護衛的幾名獵人也會一起留下來，但無法斷言這麼做絕對安全。」

和大家一起前往討伐蛙人魔的話，勢必會被捲入戰鬥之中。不過，三十名獵人和自己同在的這種安心感，卻也很難割捨呢。再說，這支討伐隊裡有很多資深的獵人，就算出了什麼差錯，也不可能輸給蛙人魔——我事前曾聽聞這樣的情報。

老實說，因為我不清楚蛙人魔以外的魔物有著何種程度的危險性，所以也不知道什麼樣的判斷才算正確。

「唔……嗯～畢竟我也是一名獵人，要上戰場不是問題，但阿箱應該不想被捲入戰鬥之中吧？」

傷腦筋耶。我該怎麼回答她呢？我沒有痛覺，而且，根據之前的經驗，就算挨了兩三發攻擊也不會有什麼大礙。即使機體出現損傷，也能用點數修復。

我自己是無所謂啦，就看拉蜜絲想怎麼做吧。感覺她並不害怕上戰場，反而還很有參戰意願呢。既然這樣，我的答案就只有一個。

「太可惜了。」

「咦，可以參加戰鬥沒關係嗎？」

「歡迎光臨。」

「嗯，我知道了。會長，那我和阿箱也要參戰！」

拉蜜絲就由我來守護吧。雖然沒有手腳，但我還能起動〈結界〉，所以至少能發揮保護她的力量。她是我來到這個世界之後的第一位客人，也是第一個朋友。如果能透過消耗點數的方式幫助她，要我花多少點都可以。為此，我也得努力把商品賣出去，慢慢累積點數才行呢。

來吧，其他的獵人們。成為我的商品的俘虜吧！

◆

在朝陽升起的同時，隊伍裡的獵人們也開始行動。到頭來，拉蜜絲就這樣挨著我睡著了。我的〈保溫〉功能似乎也會影響到機體周遭的範圍。看到連一條毯子都沒蓋的她，絲毫不畏寒冷地熟睡到天明，還真是讓我吃了一驚。

昨晚是個特別冷的夜晚，所以關東煮罐頭和熱飲的銷路非常好，讓我飽賺了一筆。一天就能夠累積一千點，還真是出乎意料的好賺呢。

今天，在一大清早尋求溫熱食物的人，也在我的前方形成人龍。可能要補充一下杯麵跟玉米濃湯的庫存比較好。

說到打倒蛙人魔的作戰，既然對方有著青蛙的習性，再等上一陣子，牠們應該就會進入冬眠狀態，屆時再加以擊退，想必會更輕鬆吧——我原本是這麼想的，不過，那些蛙人魔和地球上的青蛙，或許是兩種似是而非的生物吧。再說，就算我的推測正確，也無法將這些想法傳達給其他人啊。

「各位，請聽我說。在大家都吃完早餐的這一刻，我們將前往攻擊敵人的大本營。麻煩大家照我之前說的方式行動。從戰力來看，我方毋庸置疑能夠大勝，但也不得過於掉以輕心。以上。」

會長的發言莫名有說服力，又莫名令人放心呢。彷彿只要這個人說沒問題，就一定不會有問題。

帳棚和炊具的收拾作業好像都告一段落了。拉蜜絲一如往常地將我揹起，然後跟著隊伍出發。

跟同伴踏上擊退魔物的旅程——這樣的說法，感覺就像是異世界很常見的奇幻冒險故事呢。只不過，我是一台自動販賣機……而且無法靠自己行動……那我還能做什麼啊？

為了有更活躍的表現，取得〈結界〉以外的加持能力，或許是最快的方法了吧。可是，就算是所需點數最低的加持能力，也盡是從一百萬點起跳耶。

啊～天空是一片蔚藍呢～身為男人，卻是個只能被女孩子揹著走的存在，這樣像話嗎？這種問題感覺會愈想愈沮喪，所以還是就此打住吧。

襲擊

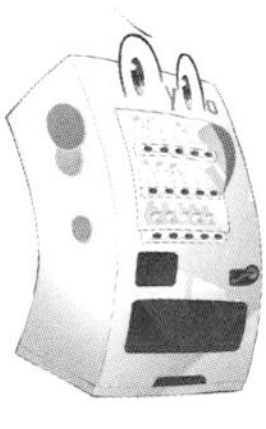

現在，我們似乎已經來到相當接近半蛙人居住場所的地方了。我能夠感受到周遭空氣的變化。儘管是機械打造出來的身體，還是能感受到！

我的身上開始出現水珠。這裡濕氣很重的樣子。我的機體會不會因此生鏽啊……

腳下的地面也滿是泥濘，走起路來格外吃力。因為背上的我太重了，拉蜜絲甚至連小腿部分都陷入軟泥之中。這樣不要緊嗎？

「咕呱咕嘎咕啊咕啊！」

「大家上啊啊啊啊啊！」

四周迴盪著半蛙人的鳴叫聲和勇猛的吶喊聲。走在最前頭的獵人似乎已經開始戰鬥了。在這種不便行走的地方戰鬥，感覺似乎對獵人們比較不利。不過，他們應該也早就料到這種戰況了吧。

在這樣的狀態下，他們還判斷我方能夠獲勝的話，身為外行人的我擔心這種事，就太自以為是了。現在，只要祈禱自己的客戶平安生還就好。

某個踐踏著泥水奔跑的腳步聲，似乎離這裡愈來愈近了。圍繞在山豬推車周遭的護衛們，一個個跟著露出認真的表情。

「阿箱，好像有敵人過來了。我們一起加油吧。」

儘管明白我算不上戰力，拉蜜絲卻還是對我說出「一起加油」這種話。要是不回應她這樣的心意，算什麼男人呢。雖然自動販賣機也沒有性別可言啦。

拉蜜絲似乎不打算把我放下來，而要以這樣的狀態應戰。因為我的重量不會讓她太吃力，所以應該沒問題吧。而且，既然是她本人做出的決定，我的回應也只有一個──

「歡迎光臨。」

我盡可能壓低音量回應她。妳集中精神對付前方的敵人吧，後方就交給我負責。無論是什麼樣的攻擊，我都會承受下來。

喔，敵人出現了。感覺有為數不少的半蛙人朝我們跑過來。因為我被拉蜜絲揹在背後，所以只能靠聲音來判斷。喔，如果是從側面出現的，那我也看得到。牠們似乎因為腳上有蹼，所以就算在軟泥上彈跳，雙腳也不會陷入泥堆裡。

拉蜜絲轉身面對從旁進攻的敵人，因此，我現在也能稍微瞥見從正面衝過來的敵人了。

「報酬會依討伐數量增加喔。你們鼓起幹勁來！宰了牠們吧！」

「上啊啊啊啊！」

在領導人凱利歐爾的一聲令下，箭矢、飛刀和手斧紛紛向從前方逼近的半蛙人飛去。

喔~這群人感覺身手不凡呢。他們丟擲出去的武器，幾乎全都命中了來襲的半蛙人。敵方不但沒能順利逼近我們，還一下了出現半數的死傷。

「流水啊……捲起漩渦，貫穿吾敵！」

是稱呼凱利歐爾為團長、打扮看起來像魔法師的那名女子在唸咒嗎？她將手上的魔杖往前一伸，接著，一道彷彿從水管噴出來的強力水柱，從魔杖前端直直向前方延伸出去。

這道水柱沒有受到地心引力的影響，維持著和地面平行的狀態射出。仔細看的話，可以發現水柱的前端呈現如同錐子那般尖銳的形狀。明明是水柱，卻強力到能夠輕易貫穿半蛙人的頭部，甚至又貫穿了第二隻。

那一定就是魔法了吧。如果我也取得了加持的能力，是不是就能像那樣使用魔法了？這樣的話，就能變成戰鬥型自動販賣機……感覺這種未來還不賴耶。不過，我的魔力值好像是零來著？啊，這樣八成沒戲唱了。

這場戰鬥的氣氛，輕鬆到讓我能悠哉思考這種問題。我的視野會搖晃得這麼劇烈，大概是因為拉蜜絲正在應戰吧。無法看見自己背後的情況，實在是太不方便了。希望她將我揹起來時，可以調整成讓我也面對正面呢。

拉蜜絲之前透露過自己的命中率很低的事實。不知道她的戰鬥是否順利呢？

雖然有點擔心，但我並沒有聽到她的尖叫聲，而從旁對我們投以視線的護衛，也沒有露出焦急的表情，或是衝過來幫忙。所以，她應該沒有陷入危機之中吧。

咦？我現在才想到，拉蜜絲好像沒有攜帶武器？她的手上只有一雙尺寸比較大的手套而已。難道那是——

「好～～總算打倒牠了～阿箱，為了不要讓你一直晃來晃去，我盡量避免做出太大的動作，結果攻擊反而比以往更容易命中呢。所以，我很輕鬆就打倒敵人嘍！」

拉蜜絲開心的嗓音從我的背後傳來。她轉身面向後方，準備對付其他來襲的敵人。於是，我的視野也跟著轉換角度，得以窺見方才和拉蜜絲交戰的敵人的模樣。

嗚哇！倒在軟泥地上的半蛙人屍體，整張臉都凹下去了耶。從變形程度看來，簡直像是被人用大槌子直接從臉部捶下去一樣。這是拉蜜絲用怪力毆打牠而留下的痕跡吧。這……這樣啊。冷靜下來想想，這樣的破壞力倒也挺合理的。

拉蜜絲可是強壯到能夠輕輕鬆鬆揹起我，然後帶著若無其事的表情長時間持續行走呢。能夠使出這樣的威力，也沒什麼好不可思議。

根據她剛才的發言，因為背上還揹著我，所以拉蜜絲盡可能免去無謂的動作，並將每個動作的幅度控制在最小限度，反而因此得到了理想的效果。既然擁有這樣的怪力，只要專注在命中目標一事，讓每個動作變得精準的話，就會變成強而有力的攻擊了吧。

雖然只是間接的影響，但能夠成為拉蜜絲的助力，還是讓我開心不已呢。

就在敵方即將全數遭到殲滅的時候，突然又出現了十隻助陣的半蛙人。照理說，待在隊列最末尾的我們，應該不至於遇上太多敵人啊。是不是有哪裡不對勁？

「這裡會出現這麼多敵人，感覺不太自然。如果前線的敵人數量更多的話……有點可疑吶。」

凱利歐爾團長略感不快的低語聲傳來。現在的情況果然很不尋常嗎？

「所有人集合。要是過度自由地打下去，之後有可能被反將一軍！」

「明白了，團長！」

擔任護衛的獵人們背對著山豬推車圍成一圈。凱利歐爾的判斷似乎是正確的。新的半蛙人陸續從軟泥堆中鑽出來，包圍在我們周遭。

乍看之下，敵人的數量至少也有三十來隻。每個獵人必須對付五隻半蛙人嗎？這樣感覺很不妙耶。

「團長，敵人會不會太多了一點呀？」

「要抱怨之後再說吧。情況危急的時候，丟下山豬推車也無所謂。保命優先，可是本團隊的行動方針吶。」

「我第一次聽說這樣的方針耶。」

雖然嘴上還在互開玩笑，但凱利歐爾和藍髮的菲爾米娜神情都相當緊繃。不難想見狀況已經岌岌可危了。

如果情況真的很危險，我希望拉蜜絲能逃走呢。覺得我很礙事的話，丟下我逃跑也沒關係。

她站在一名手握弓箭的獵人身旁，似乎是打算負責近距離戰鬥。

「要是有沒射中的敵人，就由我來對付吧。」

「謝謝，妳這麼做幫了我大忙呢。」

因為對方用斗蓬的帽子罩住頭部，所以我一直沒發現，這名看似狩獵者的獵人，原來也是一名女性。呃……咦？我現在才注意到，這個負責護衛的獵人集團裡，女性占的比率很高耶。因為所有人都稱呼凱利歐爾為團長，所以，這些人都算是他旗下的成員嘍？

六人之中有三人是女性呢。難道這是個呈現後宮狀態的集團嗎……我以後就叫凱利歐爾為鬍渣男吧。

在我思考這些蠢事的同時，戰況也愈演愈烈。不愧是身為團長的存在，鬍渣男以雙手揮舞短劍的動作十分俐落，地面也陸續堆起半蛙人的屍體。

菲爾米娜則是巧妙地使用流水魔法，讓敵人無法靠近。其他成員感覺也個個身手矯健，半蛙人完全處於下風。

問題在於拉蜜絲從旁協助的那名獵人。這名女性感覺也是個實力派，但似乎不太擅長連續射擊，在每次攻擊之間都會出現一段空白，導致敵人好幾次乘隙接近。

這種時候，拉蜜絲就會介入其中，設法將敵人擊退。在剛才的應戰經驗後，她似乎掌握到了訣竅，可以在一對一的情況下輕鬆將敵人撂倒。然而，如果一次出現兩個敵人，情況似乎就會變得相當棘手。

另一隻半蛙人繞到她的背後，然後伸出長長的舌頭舔舐自己的眼球。這是在挑釁嗎？牠移動到拉蜜絲的視線死角，高高舉起手中的斧頭打算攻擊我。

這種攻擊造成的傷害值，還在我所能承受的範圍之內。所以，我刻意以沒有起動〈結界〉的狀態接下這一擊。

《傷害值4。耐用度減少4。》

在震撼身體的衝擊之後，這樣的文字浮現出來。是好久不見的傷害值報告啊。

雖然斧頭攻擊的威力相當高，但我也貯存了不少點數，足以讓自己接下幾十發的攻擊呢。

「咦，有敵人繞到背後了嗎！對……對不起！阿箱！你還好嗎！」

拉蜜絲慌張的聲音傳來。其實妳不需要這麼緊張啊。不用擔心我。應該說，能代替拉蜜絲受傷，反倒讓我很開心呢。

「歡迎光臨。」

「真～～的很對不起！」

別在意我，集中於眼前的戰鬥吧——很想這麼跟她說，卻又無從傳達出去的焦躁感。要是她因為太在意我，而讓戰鬥中的自己出現破綻，那就變成兩敗俱傷的結果了。

雖然看不到拉蜜絲本人，但從機體的搖晃程度，我能感覺到她的動作開始變得紊亂。現在，連我都感受得到她焦躁的情緒了。這可不是令人樂見的發展。

「呀啊！」

在視野的一角，我瞥見弓箭手沒能完全迴避攻擊而跌倒在地的光景。一隻握著長矛的半蛙人高高躍起，打算用手中的武器刺穿她的身體。

「不可以——！」

目睹這一幕的拉蜜絲，什麼都沒想地撲了過去。她像是企圖保護那名弓箭手似的緊緊擁住對方，所以……嗯，現在標靶變成我了。

啊，帶著半蛙人體重落下的長矛尖端逼近了。這時候就要起動〈結界〉！

淡藍色的光芒浮現在我的四周。在千鈞一髮之際，長矛尖端被狠狠彈開，半蛙人也被撞飛到遠處。

「咦，這陣光芒是……這是妳的能力嗎？」

「不……不是我啦。」

我勉強能窺見拉蜜絲朝這麼詢問她的弓箭手猛搖頭的樣子。唉，好煩啊。真想把視野拓寬一點。有這類的功能存在嗎？

因為實在是太不方便了，儘管是持續與敵方交鋒的現在，我還是大致瀏覽了一下功能清單。有了，〈全方位視野確認〉。一千點的價格雖然不便宜，但這是值得支付的代價呢。我毫不猶豫地兌換了這項功能。

喔喔喔！視野一下子變得寬廣了……感覺好暈喔。能夠一次看見所有方角的景象，雖然值得開心，但在習慣這樣的視野之前，可能會過得很吃力呢。

「那麼，是誰叫出了這些光壁？」

「如果中獎就能再來一瓶！」

這時候，就主動告知是我做的吧。但我不是想要邀功。因為，要是不知道這是誰發動的，她們八成不敢貿然行動吧。

「咦，是你發動的嗎，阿箱！」

「歡迎光臨。」

「嗚哇～原來是這樣。謝謝你，阿箱！」

光是這樣，就願意坦率地相信我說的話，正是拉蜜絲的優點之一呢。一個能夠和人溝通的鐵箱，竟然還擁有這種能力，根本就是荒誕無稽的事情。一般情況下，恐怕不會有任何人相信吧。

「那麼，之後又遇到危險的話，可以拜託你嗎？」

「歡迎光臨。」

我提高音量，道出明確的回答。這樣一來，就能讓拉蜜絲了解到防禦上萬無一失的事實了。

接下來才是重頭戲。我們倆合力殲滅這些青蛙吧。

一台與一人

「阿箱。如果後方出現敵人的話，通知我一下喔。」

「歡迎光臨。如果中獎就能再來一瓶！」

「你說『如果中獎就能再來一瓶』的時候，就代表有敵人出現。這樣對嗎？」

「歡迎光臨。」

我跟拉蜜絲的溝通好像變得愈來愈順暢了。除了她敏銳的直覺幫了大忙以外，就算不透過話語，我們似乎也愈來愈能夠明白對方的想法……我是這麼覺得啦。

不過，拉蜜絲真的是獵人之中的吊車尾嗎？因為視野拓寬而能看見她的動作後，我開始仔細觀察她的一舉一動。因為背上還揹著我，所以無法用手肘攻擊後方的她，卻只有一次不慎讓手肘撞上我的機體。

她以讓雙腳在地面滑行的方式移動，所以動作並不算敏捷。遭遇敵方攻擊時，她總是以最小限度的動作迴避，再以最小限度的距離前進。

明明是相當綁手綁腳的情況，但我卻從未因此被戰火波及。雖然是外行人的看法，不過，我認為拉蜜絲的拳腳功夫，已經直逼格鬥家那般俐落的水準了呢。

「啊～這個動作。沒錯，就是這個動作！被師父強迫揹上巨石修行的那段日子……彷彿每天身處地獄的那些日子！」

師父？難道拉蜜絲曾接受過相當嚴苛的格鬥訓練，也因此培育出堅強的實力，只是沒能充分發揮出來而已？揹著我的時候，讓她回想起過去類似的訓練內容，也連帶想起自己當時的動作了嗎？不過，這樣的推測好像順理成章過頭了。

無論如何，現在的拉蜜絲，可以讓人放心地在一旁看著她了。是說，揹上自動販賣機就會變強，這是哪門子的設定啊。一般常見的設定，應該都是卸下身上沉重的裝備、讓身子變得輕盈之後，能力才會跟著提昇吧。

「喔，妳挺厲害的嘛。這樣的破壞力跟四兩撥千斤的動作，都令人刮目相看吶。」

「哎呀～你這樣稱讚會讓我很害羞咧～」

被鬍渣男團長稱讚而感到害羞的反應，還是等等再表現出來吧。因為不習慣被他人誇獎，所以格外開心，這點我可以理解，但現在可還是戰鬥中呢。靦腆搔頭的動作也等一下再做啦，等一下再做！拜託妳專心戰鬥吧。光看就覺得好可怕！

啊，看吧，有敵人靠近了呢。

「如果中獎就能再來一瓶！」

「哎喲～阿箱也不要這樣稱讚我咩～」

什麼順暢溝通啊。剛才的對話內容已經被妳拋到九霄雲外去了吧。唉，沒辦法了，起動〈結界〉！

從後方逼近的兩隻半蛙人，在即將接觸到我的機體時停下了動作。好危險啊……完全是千鈞一髮的狀態呢。

「這個藍色的光芒是什麼？不只能阻擋敵人的攻擊，甚至還無法穿透？我完全沒聽說過或看過這種東西呢……這是妳的加持能力嗎？」

難道〈結界〉很罕見？鬍渣男團長一邊用武器和手指戳我的結界，一邊念念有詞呢。明明還在戰鬥中，你也真是一派輕鬆耶。啊！他頭也不回地砍飛了一隻從後方衝過來的半蛙人。真是不可小覷的鬍渣男。

「不，這是阿箱的能力喔。」

啊，拉蜜絲……我原本想對這個人保密呢，看來是沒辦法了。畢竟不會懷疑他人的天真個性，正是拉蜜絲的魅力啊。

鬍渣男的嘴角揚起了笑意。那是感覺正在計劃某種邪惡勾當的表情。這傢伙感覺真的有可能把我偷走耶。我決定讓他升格成「可疑分子」。

「希望以後也能跟阿箱好好相處呢。」

「嗯嗯，請跟他好好相處吧。」

倘若周遭沒有眾多死狀悽慘的半蛙人屍體倒臥在地，這感覺就像是和樂融融的日常生活一幕呢。還有，我拒絕和鬍渣男好好相處。

另外，拜託你們晚點再放鬆下來吧。現在可不是能開心聊天的時候——雖然我這麼想，但意外的是我們並沒有陷入苦戰。看來，這支護衛小隊的成員都相當優秀呢，剛才的危機輕輕鬆鬆就被他們解決了。

「這裡收拾得差不多了。記得要割下蛙人魔的舌頭喔。之後可以提交給協會。」

「團長，請你一起幫忙吧。蛙人魔的舌頭黏呼呼的，很噁心呢。」

「呵……我就是因為討厭這種麻煩的工作，才會選擇當一名團長吶。」

「團長太霸道了！」「蘿莉控～」「薪水太低了啦～」

「你們膽子倒是不小嘛……」

感覺這群工作伙伴相處得像是一家人呢。雖然嘴上在互罵，看起來卻像是熟悉彼此的一群人在笑鬧。我開始覺得這個鬍渣男團長只是觀察力比較敏銳，其實並不是個壞人了。

不對。就算是受到自己的同伴愛戴的人，也有可能對其他人做出心狠手辣的事情。可不能大意呢。

「好啦～接下來要怎麼辦呢。雖然現在的戰績已經能換取不少報酬，但更貪心一點的話，也可以到前線去呢。」

「我們的任務是負責搬運糧食，還有保護這個鐵箱，以及搬運它的女性喔。」

「這種事情我知道啦～可是啊，菲爾米娜副團長，如果在這裡狠賺一筆的話，就能更輕鬆地維持這支團隊的開銷了耶。說不定還可好好犒賞你們……可惜啊，真是太可惜了。」

鬍渣男團長刻意以手扶額，然後搖了搖頭。原來菲爾米娜是副團長啊。總是被這種自由過頭的團長耍得團團轉，一定很辛苦吧。

「唉～我明白了。畢竟我也想換新裝備呢，我們就去前線幫忙吧。不過，得先取得拉蜜絲大人的同意才行。畢竟我們的任務是保護她和阿箱先生。」

「我知道～我知道啦。要是一天到晚思考這種瑣事，可會讓臉上的細紋增加喔。更輕鬆地面對人生吧。」

嗚哇～看到豎起大拇指、還朝自己拋魅眼的鬍渣男團長，菲爾米娜副團長露出了煩躁的表情呢。我覺得妳大可揍他一拳耶。

「那麼，您打算怎麼做呢，拉蜜絲大人？當然，如果您想留在這裡待命，我們也會遵從這樣的指示。」

「走嘛～我們去戰鬥嘛～妳也想繼續奮戰不是嗎～」

啊，有夠煩的。一個年紀不小的大叔，竟然像個孩子般耍賴。隨後，菲爾米娜副團長用魔杖射出冰塊砸向他。大概是被凱利歐爾扭來扭去的動作惹毛了吧。

「呃……我們走吧！如果前線正在苦戰的話，我希望能幫點忙呢。阿箱，你願意嗎？」

我就知道拉蜜絲會這麼回答。我當然沒有意見嘍。

「歡迎光臨。」

敵人分散到這裡來，代表前方陣營陷入苦戰的可能性很高。聽到他們想過去支援的想法，我不打算出聲反對……嗯，也做不到就是了。不過，這很有可能讓我們被捲入混戰之中。我得提高警覺，保持隨時都能起動〈結界〉的狀態才行。

和山豬推車一同前進的路上，放眼望去，四處都是濺起泥水的激烈戰鬥。

鬍渣男率領的團隊意氣風發地朝半蛙人展開攻擊。其他獵人的戰況似乎都處於下風，所以看到半路相助的他們，都由衷表示感激。

不過，雙方的人馬差距也太大了。根據事前得知的情報，半蛙人的數量最多只有五十隻上下，但現在看起來，少說也有一百隻呢。如果再加上已經躺在地上的死屍，恐怕將近兩百隻了吧。

獵人陣營的負傷者也愈來愈多。身穿白色法袍的人們，正忙著從手掌釋放白色光芒來治療傷患。接著，就像是時光倒轉一般，血肉模糊的傷口在轉眼之間癒合。

我知道那個技能。好像是加持能力中的〈治癒之光〉吧。雖然是很多人都擁有的加持能力，但因為能夠治癒傷口的能力相當重要，所以，有這項技能的人似乎不愁沒有工作。順帶一提，我的熟客之中有一對老夫婦，其中的老奶奶好像就會使用這項技能。

將近三十名的獵人裡頭，能夠使出全力應戰的大概只剩下半數。就算傷口癒合了，流掉的鮮血與消耗掉的體力並不會跟著恢復。因此，一度身受重傷的獵人，便很難再次回歸戰線。

「得把傷患搬運到推車平台上才行！」

比起參加戰鬥，拉蜜絲選擇確保傷患的性命安全嗎？看到揹著我的她朝自己衝過來，傷患們個個瞪大眼睛，露出一臉困惑的表情。但拉蜜絲只是不由分說地將他們抱起，然後搬運到推車平台上。

是說，她抱著一個成年人走動的樣子還真輕鬆呢。明明背後都已經揹著這麼沉重的我了啊。既然擁有如此優秀的體能，拉蜜絲豈有不強的道理呢。

在這種時候，完全無法從旁協助她，實在是令人困擾。有沒有我能做的……提供運動飲料給他們好了。待拉蜜絲將傷患搬運到推車平台上頭後，我在取物口落下一瓶運動飲料，然後喊出「如果中獎就能再來一瓶！」的台詞。儘管只是這樣，但她順利領悟了我的用意。

「把這個拿給傷患就可以了嗎？」

「歡迎光臨。」

我將運動飲料陸陸續續落下，拉蜜絲則是負責撿起它們，然後擺到推車平台上。發放個二十瓶左右，應該就行了吧。

「這是阿箱免費提供的，你們可以盡量喝喔。」

「喔……好，謝嘍。」

看到拉蜜絲打從內心為自己擔憂的體貼模樣，這些髒髒臭臭、長得又很凶悍的大叔，臉上紛紛浮現虛弱的微笑。在身心俱疲的時候被拉蜜絲大真無邪的言行治癒，男人們多半都會表現出這樣的反應吧。

等到拉蜜絲將離開戰線的傷患全數搬運到推車平台上後，原本還人多勢眾的半蛙人，現在數量竟然只剩下剛才的兩成左右。經過這般混亂的戰況後，還能維持輕傷、甚至是毫髮無傷的狀態繼續戰鬥的獵人，想必都是個中高手吧。他們輕而易舉地撂倒每一隻來襲的半蛙人。

既然實力差距這麼大，就算敵方的數量壓倒性多，或許也不成問題呢。

「你幫了大忙吶，凱利歐爾。不愧是『愚者的奇行團』。」

熊會長踏著穩重的步伐走來。被鮮血染紅的尖爪讓他看起來更有魄力了。這個人也在手無寸鐵的狀態下應戰……不，應該說他靠的就是自己的赤手空拳吧。生在他四肢上的利爪，感覺和刀劍之類的武器不相上下呢。

不過，這支團隊的名稱還真奇特耶。

「因為部隊尾端比較清閒嘛。我還擔心是我們太多事了。」

「感謝你的協助。畢竟敵方數量超過我們的想像吶。多虧有你們，討伐行動總算是順利結束了。話說回來，牠們是否還找來了其他聚落的蛙人魔？就單一聚落裡頭的成員而言，這次的數量遠超過我們料想的兩倍之多。」

「而且，牠們顯得異常好戰呢。一般情況下，蛙人魔的攻勢應該不會猛烈到待自軍全滅才停止的程度才對。」

菲爾米娜副團長加入了髫渣男團長和熊會長的對話。

過去，我被半蛙人襲擊的時候，牠們一旦明白攻擊對我不管用，的確就很乾脆地放棄了，而且之後也未曾再來攻擊我。所以，我也同意「牠們不是會有勇無謀地持續猛攻的生物」這點。

「唔，那麼，可能的原因只有一個……」

「果然是這樣嗎……」

「嗯，我想應該是這樣。」

他們三人的神情都變得很嚴肅呢。再加上剛才的交談內容，難道這樣的狀況其實是某種不好的徵兆嗎？這時候就不要語帶保留，拜託你們直截了當地說明吧。因為我沒辦法主動開口問啊。

「噯，你們在說什麼？」

問得好，拉蜜絲！這也正是我想知道的呢。

「噢，抱歉。雖然只是我們的臆測，但蛙人魔王現身的可能性很高。」

蛙……蛙人魔王？那是什麼啊？名字聽起來就很強耶。我有種不好的預感。

爭執

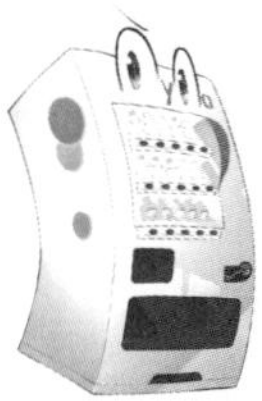

讓無法繼續戰鬥的傷患在推車平台上休息，再分配幾名護衛留下來看守之後，其餘實力堅強的獵人，決定前往討伐想必待在聚落內部的蛙王——亦即蛙人魔王。

倘若是故事主角，一定會被編入討伐的成員之中吧。然而，身為自動販賣機的我，只能和拉蜜絲留下來待命。

嗯，畢竟提供糧食才是我的本業，所以說起來也是理所當然啦。

之前負責護衛我們的六個人，是由凱利歐爾所率領的「愚者的奇行團」。如果我有眉毛的話，這樣的命名可能會讓我皺起眉頭吧。總之，這支團隊的成員也全都前往討伐蛙王了。

目前，敵人應該只剩下守在據點的蛙王及其護衛。所以，我們只要在這裡悠哉等待就好。也就是說，做生意的時間到啦！

既然拉蜜絲把我放在推車平台附近，就趁機來賺一些點數吧。

「歡迎光臨。歡迎光臨。」

「溫熱的餐點和飲料一應俱全喔～飲料每瓶一枚銀幣～」

拉蜜絲配合我的台詞，開始幫忙招攬客人。

現在似乎剛好是大家稍微喘口氣的時間。杯麵、紅茶、運動飲料的銷售額一口氣往上竄升。

因為運動飲料有著這個世界不曾出現過的滋味，所以聚落裡的人一開始評價並不好。不過，有些結束討伐任務而精疲力盡的獵人飲用後，發現它有著能夠消除疲勞的效果。隨著這樣的情報傳開，運動飲料便開始在獵人之間流行。

而且，我好像聽說過，某款商標採藍色和白色設計的運動飲料，其實原本是作為一種藥物而被開發出來的產品。我不禁回想起染上感冒或腹瀉時受它照顧的那段過往。

這可是最適合現在這種情況的飲料呢。記得還有人稱它是喝的點滴。

「呼～不用生火，就能吃到熱騰騰的食物，真是沒話說吶。」

「吃完之後不用收拾這點，也讓人很開心。」

「真希望我們團隊也有一台啊。」

對獵人來說，自動販賣機的功能感覺相當有幫助，所以很多人以羨慕的眼光不時瞄向我。光是鬍渣男團長一個人就很棘手了，現在連其他獵人都得提防了嗎？

看到我大受歡迎，拉蜜絲似乎很開心，臉上的微笑不曾褪去。從這副模樣看來，她八成……沒有察覺到周遭眼光蘊含的意味吧。

「抱歉，有人能幫忙治療傷患嗎？」

「啊，我來幫忙～！阿箱，我要離開一下。就算覺得寂寞，你也不要哭喔。」

「期待您下一次的光臨。」

「你在說什麼呀。那我走嘍～」

聽到拉蜜絲俏皮的提問，我迅速反將她一軍。結果她鼓起腮幫子，表現出好像有些鬧彆扭的反應後，便奔跑著離開了。

如果這是兩個人類之間的互動，或許會被人誤認成一對情侶吧。但畢竟我是無機物嘛……

「喔，那個濫好人不在。得趁現在才行。」

一個身型矮小、有著一口顯眼暴牙的男人，一邊注意周遭的視線，一邊朝我走近。雖然我明白用外表評斷一個人是最差勁的行為，但請容我這麼說吧——這傢伙實在很可疑。

該怎麼說呢？他看起來就是個小嘍囉。甚至讓人想給他一個「The小混混」的稱號。一邊用鼻子哼歌一邊靠近的他，一雙眼睛不停地上下打量我。

我隨著他的視線望去，發現他似乎很在意投幣孔。

「好啦，要買些什麼呢……」

這名小嘍囉獵人刻意用較大的音量這麼開口，然後取出類似鐵絲的東西，企圖將它插進投幣孔裡。

啊，這傢伙是想偷我的錢嗎？既然這樣，我就予以相符的回應吧。

「歡迎光臨。」

我試著用最大音量嚇唬他。

「嗚呃！」

喔，他嚇得跳起來了呢。聽到我的聲音以及小混混忍不住發出的慘叫聲，周遭的視線再次朝這裡集中。好啦，在這種情況下，你打算怎麼辦？

「哦……哦～原來你真的會講話嗎？不簡單吶。」

儘管裝出一臉佩服的樣子，但你的表情看起來很僵硬喔。

接下來，如果他願意乖乖跟我買東西，然後離開的話，我也不打算追究。不過，這傢伙看起來並沒有這麼老實。

「你這混蛋，既然聽得懂人話，就乖乖把錢吐出來……如果不想被弄壞的話！」

小混混壓低音量這麼威脅我。喔，竟然還用腳尖踹我呢。哼哼～你是覺得自動販賣機沒有手腳，所以就小看我了吧。

就讓你見識一下能夠自我防衛的自動販賣機的實力吧。

首先，我在取物口落下一瓶礦泉水。發現礦泉水之後，男子喜孜孜地將手探進取物口裡……現在，再追加落下另一款商品吧。

「又有聲音……好燙啊啊啊啊啊啊啊！燙……好燙……嘎啊啊啊啊！」

哼哈哈哈，加熱到極限的灼熱玉米濃湯怎麼樣啊。我就再多加幾瓶給你吧。

「如果中獎就能再來一瓶！」

我又陸續落下幾瓶玉米濃湯，男子的手也因此被壓在下面，無法從取物口拉出來。想破壞我的機體搶錢的行為，可不能輕易原諒呢。你就暫時嚐點苦頭吧。

「可惡、可惡！明明只是個箱子，竟敢這樣瞧不起人！看我把你整台破壞掉！」

男子抽出插在腰間的短劍，大動作朝我揮過來。雖然可以用〈結界〉把短劍彈飛，但就算直接承受他的攻擊，也只會造成輕微損傷。為了讓其他人看到你愚蠢的行為，我就刻意吃下你的這一擊吧。

這麼下定決心的我，看著逼近自己的刀尖揮來，然後在即將觸及機體的瞬間停止——

「你打算對阿箱做什麼……」

這個低沉又威震八方的嗓音，是來自拉蜜絲嗎？她大概是聽到這邊的騷動，所以趕過來了吧。原來這孩子也能用這樣的聲音說話啊。

被揪住手腕的男子轉頭，然後僵在原地。是拉蜜絲充滿魄力的表情讓他不自覺地做此反應。因為平常看慣她可愛的臉蛋，現在那張挑眉瞪目的表情實在滿嚇人的。

「沒……沒有啦。我想拿飲料的時候，裡面突然又掉了好幾瓶下來，搞得我現在沒辦法把手拉出來了！」

「在這之前，你有做什麼奇怪的舉動嗎？」

不愧是拉蜜絲。我都要迷上她敏銳的觀察力和直覺了。

「我什麼都沒做啊！是這傢伙突然出現不正常的反應啦！」

「阿箱，這個人真的沒有做奇怪的事嗎？」

「太可惜了。」

「你看，阿箱說你有做啊。」

「妳在說什麼啊！我說的話跟這個鐵箱說的話，妳相信哪——」

「當然是阿箱說的話啊。」

拉蜜絲打斷他的話這麼回答。她對我懷抱著壓倒性的高度信賴。太開心了。如果有雙手，我真想緊緊擁住她。

那麼，就再給這個扯謊男一些罐頭禮物好了。雖然先前的玉米濃湯已經冷掉了一些，但光靠重量就能狠狠碾壓他的手。

「好痛啊啊啊啊啊！快停止啊，你這個臭箱子！」

「對了，你該不會是團長說的那個可疑人物吧？你是古格伊爾先生嗎？」

「呃！不……不是，我不是喔。」

嗚哇～根本百分之百可疑嘛。這個人演技好差啊。他露骨地別過臉去，太陽穴還不停冒汗呢。感覺根本是用身體在表示「我就是古格伊爾」。

「拉蜜絲小妹，那傢伙就是古格伊爾喔。以手腳不乾淨聞名的那個。」

一個從推車平台上探出頭的鬍子大叔這麼表示。啊，他是之前對看似下屬的人說明自動販賣機使用方式的那個男人吧。我要把他登記到內心的好人名單裡頭。

「哦～～～那麼，我就不需要手下留情了吧？」

拉蜜絲折著指關節，從上方俯視古格伊爾。儘管臉上仍帶著笑容，看起來卻莫名的充滿魄力。

最後，那個男人被用粗繩五花大綁起來，然後丟上傷患所在的推車平台。他過去似乎有偷竊其他獵人的財物的前科，所以周遭的人都站在拉蜜絲這邊，讓這件事輕輕鬆鬆解決。

之後，我們度過了一段悠閒的時光。前往據點的那些成員，現在是不是正在奮戰呢？因為不清楚蛙人魔王究竟有多麼強大，所以我連替他們擔心的根據都沒有。這種時候，如果能和他人對話，就可以收集情報了。但因為我只能負責聽，所以也束手無策。

「敵人比想像來得多，不過，可以期待追加報酬了。」

「真想趕快回聚落喝一杯啊。」

留下來的傷兵已經醞釀出一片戰勝的氛圍。每個人都在放鬆休息。推車平台上有九名傷患，周遭則有六名護衛。在戰鬥尚未結束時，沒有人能預測下一秒會發生什麼事，所以我覺得他們似乎有點大意過頭了。不過，無法挺身戰鬥的我，也沒資格這樣說他們就是。更何況，我也沒辦法說。

返回聚落之後，如果在產品陣容之中加入酒類，感覺應該很賺錢呢。可以追加的品項有燒酒調酒、日本酒、雞尾酒……不知道這個世界的人會比較喜歡哪一種？

話說回來，如果販賣碳酸飲料的話，他們會喝嗎？有些小孩第一次喝汽水的時候，會覺得喉嚨有種刺痛感，而因此表示排斥呢。不過，只要習慣那種口感，應該就沒問題了，所以或許能上架試試。

之前，我曾讓拉蜜絲試過一次。但因為她不知道怎麼打開易開罐，在摸索的時候讓罐子不斷搖晃，結果打開的瞬間，裡頭的汽水也跟著噴出來，濺得她全身都是。

在那之後，拉蜜絲就變得很害怕碳酸飲料，所以我並沒有將它上架販賣。不過，賣給除了她以外的客人，應該沒問題吧。再挑碳酸含量低一點的商品就行了。

「感覺這次的討伐行動可以順利結束呢，阿箱～回去之後，我會幫你把身體擦乾淨，所以再忍耐一下喲。」

「歡迎光臨。」

這真是令人期待。雖然我沒有體感，但還挺喜歡讓拉蜜絲用濕布替我擦拭全身。身體和心情都煥然一新的感覺，讓人很舒服呢。

聽到要參加戰鬥的當下，我原本還有點擔心。不過，我們隸屬的獵人勢力，感覺可以在沒有戰死者的情況下平安踏上歸途。我現在也覺得心情大好。就當作是慶祝，回到聚落後，來辦個折扣大特賣活動好了。

「不……不妙了。喂，大家，趕快從這裡撤退！有個大傢伙朝這裡靠近了吶！」

一名胸前纏繞著繃帶的男子，在推車平台上指著遠處大喊。

聽到他急切的催促聲，我順著男子所指的方向望去——發現一隻全身布滿火焰的巨大青蛙不斷朝我們跳過來。

蛙人魔王

「喂喂！為什麼蛙人魔王會往這邊來啊！前去討伐的那伙人在搞什麼啦！」

我無視在一旁發出怒吼聲的獵人，定睛凝視那隻巨蛙。

後方有幾名獵人在追趕牠呢。從牠的身型大小來看，蛙王的體長應該落在三公尺左右吧。感覺站起來會有兩層樓那麼高。

不同於半蛙人，牠看起來完完全全是一隻青蛙。沒有用雙腿行走，手腳也都長得像普通的青蛙那樣。只是，牠身上還穿著一襲像是褐色鎧甲的裝備，所以恐怕不同於普通的青蛙就是了。

更重要的是，為什麼牠的身體會起火啊？雖然我原本以為是獵人放火燒牠，但從蛙王若無其事的樣子看來，難不成是自體發火？

「可惡！竟然還是憤怒狀態。這樣根本無法靠近牠啊！」

啊，所以，蛙王身上的火焰，果然是自己弄出來的嗎？不難想像那大概是一種加持能力。不過，牠身上的火焰也好，我的結界也罷，加持能力還真是五花八門耶。

每當蛙王躍起，我都覺得自己的機身跟著搖晃。畢竟牠有著三公尺的身長，所以體重應該也

很驚人吧。對了，我好像有聽說過，青蛙身上的肉大部分都是肌肉，所以把牠抓起來的時候，會覺得觸感很硬之類的。

嗯，經過一番冷靜的觀察和思考之後……這下子應該大事不妙了吧？

「快撤退！全員撤退～！」

「快逃啊啊啊啊！別管行李了！」

所有人一口氣開始撤退。我還以為大家會陷入驚慌失措的混亂狀態，結果他們的行動都很俐落呢。大多數的獵人都在幾秒之內逃得不見人影了。

「咦……啊……咦？」

然而，拉蜜絲卻只是不知所措地東張西望。雖然我知道妳很不擅長在瞬間做出判斷，但猛按〈熱飲〉的按鈕也不會有任何幫助啦！冷靜、快冷靜下來！

「太可惜了。太可惜了。」

「啊！說……說得也是，我得冷靜一點。阿箱，我們也快逃吧！」

她終於恢復正常了啊。正打算揹著我逃跑時，拉蜜絲停下了動作。原本想出聲催促的我，往她視線所及的方向望去後，隨即明白是怎麼一回事了。

「可惡，烏納斯斯一動也不動！是在害怕那傢伙嗎？快走，拜託你快走啊！」

我知道生著角的山豬在這裡叫做烏納斯斯，但沒想到牠會因為目睹那隻巨蛙出現，而嚇得完全不敢動彈呢。日文有句俗諺是「被蛇盯上的青蛙」，現在卻變成「被青蛙盯上的烏納斯斯」。真是太諷刺了。

如果承載著傷患的推車動不了，就只能讓上頭的人下車自力逃脫。可是，儘管傷口已經癒合，但歷經失血又消耗了大量體力的他們，不可能還有力氣奔跑逃命。

為了讓拉蜜絲得救，不需要再猶豫什麼了。現在，最重要的便是自身的性命。雖然得棄他們於不顧，但在狀況危急時拋下他人，並不是一種罪過。所以──

「得救救他們才行！如果烏納斯斯動不了，就由我來拉車吧！」

我就知道她會這麼說。正因為拉蜜絲有著這樣的個性，我當初才能得救呢。危險發生的時候，我會盡全力起動〈結界〉，所以妳就照自己想的去做吧。無論發生什麼事，我都至少會讓妳得救。

拉蜜絲衝向山豬推車，溫柔地輕撫害怕不已的烏納斯斯的背部，然後鬆開牠身上的束具。下一刻，烏納斯斯彷彿突然回過神來似的，以驚人的速度從原地逃走了。

「妳……妳竟然把牠放走！是要我們在這裡等死──」

「不會的！我會代替牠來拉車！」

拉蜜絲大聲打斷傷患的抗議，並以雙手緊緊握住推車的手把，咬牙往前踏出了一步。

一般來說，承載了九個成年人的推車，單憑一名少女，根本不可能拉得動。不過，拉蜜絲擁有能把身為自動販賣機的我輕鬆揹在身後的怪力。對於已經得知這一點的我來說，這樣的結果並不讓人意外。然而……

「哼唔唔唔唔唔唔～」

她的步伐相當緩慢。因為腳下是軟泥地，所以雙腳很容易陷入泥濘之中，推車也更難拉了吧。雖然速度很慢，但能拉動這台推車，就已經相當了不起了。儘管如此，在這樣的情況下，這麼做沒有任何意義。

從後方來襲的蛙王愈來愈靠近我們了。再這樣下去，被牠活活踩死，或是被那張大嘴一口吞下，恐怕都只是時間問題而已。啊，也有可能被燒死。

如果能開口說話，我會叫拉蜜絲卸下背上的自動販賣機。不過……就算我能說出這種要求，她大概也會拒絕吧。

該怎麼做？要怎麼辦才好？只能試著用〈結界〉來抵禦對方的攻擊了嗎？這樣或許救得了拉蜜絲，卻救不了其他傷患。

連那些實力高強的獵人，都沒能確實打倒的蛙王，不可能是這群傷患能應付的對手。而留下來擔任護衛的獵人們，早就一馬當先地逃走了。

那麼，有沒有什麼能絆住牠的好方法？

讓對方嚇一跳，或是阻撓牠的行動，感覺是不錯的點子。只要能爭取一些時間，從後方趕過來的獵人們應該就有辦法處理。有沒有……有沒有什麼能爭取時間，或是妨礙牠前進的商品啊！

我迅速把商品一覽看過一次，但漸趨激烈的搖晃，以及傷患的慘叫聲，讓我愈來愈焦急。啊啊，可惡。有沒有……有沒有什麼可以……！

在我過去曾購買過的商品一覽中，有幫助的東西是……等等，啊，用這個跟這個的話，應該至少能爭取一些時間！

我現在有多少點數……超過六千點，非常足夠！

首先，必須追加和變更功能。至今，五百毫升的寶特瓶，是我販賣的飲料的最大容量。此刻，我消耗一千點，讓自己變得可以將兩公升的寶特瓶飲料上架。

接著，再上架新商品。我把身為碳酸飲料的兩公升可樂瓶一字排開。而且還是最近慢慢銷聲匿跡、名稱上多了「健怡」兩字的那款。其他商品目前還沒有必要上架。

光是變更商品，並無法讓將我揹在身後的拉蜜絲察覺。總之，先落下一瓶再說吧！

「嗚啊，什麼聲音！我們被追上了嗎？」

「不是的，拉蜜絲小妹。妳揹著的那個……叫阿箱對吧？它的樣子變得有點不同，而且還自動掉了什麼東西下來吶。」

感謝你的即時說明，鬍子先生。快察覺我的用意吧，拉蜜絲。

「什……什麼意思？在這種情況下落下商品……阿箱，你這麼做有什麼用意嗎？」

「歡迎光臨。」

「所以你自有策略是嗎？我相信你！」

拉蜜絲將雙手離開推車，毫不猶豫地將我放下，然後從取物口拿出兩公升裝的寶特瓶。

「咦，這個裡面一堆泡泡的……是那個奇怪的果汁？」

她似乎回想起之前的經驗了。雖然仍是緊皺眉頭的表情，但拉蜜絲應該能理解我的用意。接下來就大手筆一點吧。

我在取物口接二連三落下可樂瓶。拉蜜絲則是負責將它們拿出來，然後一一擺放在貨物平台上。

話說回來，地震停止了耶。是戰況有什麼進展嗎？

我朝蛙王所在的方向瞄了一眼，發現勉強追上牠的獵人們正在展開攻擊。然而，面對蛙王身上的烈焰，獵人們似乎也不知該如何出手，因此略居下風。

再這樣下去，不管怎麼樣，蛙王都會在短時間內逼近我們的所在處。所以，我們仍然得想辦法做些什麼。

我再次用點數兌換新功能，然後改變外型！

一陣光芒籠罩我的身體，至今未曾有過的劇烈變化也跟著出現。原本呈立方體的機體失去了四角，變成圓柱體的模樣。

我的下半部變得色彩繽紛，還滿布著圓形的圖樣。上半部的機體則是變得透明，可以看見裡頭滿是新上架的、被包裝成長條型的零食。

這款零食是形狀類似圍棋棋子的糖果。用正常的方式食用的話，是一種滿好吃的糖果。

「咦……咦！阿箱變圓了！」

聽她這樣講，感覺會讓人誤以為以前的我很不好相處耶（註：日文有個性變得圓融的意思）。

呃，不是思考這種問題的時候。這些糖果也一起免費奉送吧。

「咦……咦！這個也要一起拿出來嗎？」

「歡迎光臨。」

拉蜜絲將多到幾乎要從取物口溢出來的糖果撿起。到這裡還很順利，接下來才是問題所在。

我該怎麼讓她——理解我的計畫呢？

怎麼做才能傳達給她？只好在能力所及的範圍盡可能嘗試了。

「請投入硬幣。請投入硬幣。請投入硬幣。」

「咦！你提供了這麼多商品，現在才要我投入硬幣嗎？」

「太可惜了。請投入硬幣。請投入硬幣。」

「這……這是什麼意思……」

這樣的說明實在太不充足了啊。不過，除此之外，我也沒有其他辦法了。我知道這樣很強人所難。但希望妳多少能……

「拉蜜絲小妹，那傢伙是不是壞掉啦？」

「沒這種事！阿箱是努力想向我傳達什麼！」

我突然覺得好想哭喔。拉蜜絲很相信我，也試著努力解讀我的行動。就算最後還是沒有順利傳達給她，我也不會感到後悔。能看到她這麼信任我的表現，就已經足夠了。

「這個有氣飲料。零食。投入硬幣。但又不是要投入硬幣……這個飲料是之前噴出來的那個吧。呃，所以，是要我像那時候……可是，那這個零食呢？在沒有投錢的情況下跑出來，阿箱卻又說要投入硬幣，但又不是這樣……」

還差一步。就只差一步了。拜託妳察覺到吧。

「怎樣都沒差啦！先解開我的繩子啊！我可不想陪你們一起送死耶！」

這樣哇哇大叫的人，是那個被粗繩五花大綁的小混混嗎？我已經忘記他的存在了呢。

「吵死啦，混蛋！在他嘴裡塞點什麼東西，讓他安靜下來吧！」

「喔……好。那就塞這個給他吧。」

啊。聽到鬍子大叔的怒吼，有一名傷患把糖果連同包裝紙一起扔進小混混嘴裡了。

「你按什摸啊！咳、呸！竟然把紙棒插進我的嘴裡！感覺嘴裡還有紙……咦，這是什麼啊，超級好吃喔喔喔喔！啊，可是我喉嚨好乾啊。快來人給我喝點水啊。水，我要喝水！」

因為吐掉的時候把包裝紙弄破，所以糖果就滾到他嘴裡了嗎？我已經急到像熱鍋上的螞蟻了，你竟然還在悠哉品嚐糖果的滋味啊。

「啊～～吵死了。喝這個啦！」

大叔將一瓶可樂扔向伙伴。接下它的男子轉開瓶蓋，然後讓小混混喝下……啊。

「噗咕嚕哇啊啊啊啊啊！」

可樂噴泉從小混混的口中射出。看到這一幕的拉蜜絲──瞬間理解了一切。

「不是硬幣，而是將這個零食……丟進飲料的瓶子裡嗎！」

「歡迎光臨。」

正確答案，拉蜜絲。接著，她把包裝紙拆開，再把裡頭的糖果一口氣丟進可樂裡。裡頭的可樂以相當驚人的力道噴出，濺得獵人們全身都是。

「怎……怎麼，飲料爆炸了？」

「這種甜膩的味道是什麼……啊，眼睛好痛。」

沒錯。這正是在影片分享網站一炮而紅的那個現象。把某種糖果加到可樂裡頭之後，可樂就會像間歇泉那樣一口氣噴發出來。其實，加鹽巴或汽水糖進去，好像也會有同樣的效果，但以這種糖果的威力最強大。另外，這款可樂也正是能得到最劇烈效果的口味。噴出來的可樂甚至能達到四五公尺的高度……這是做過實驗的個人的證詞。

明白當下的任務後，拉蜜絲將可樂和糖果分發給所有的傷患，並向他們簡單說明。看來所有人都已經明白了。好，抱著死馬當活馬醫的心態，用這個噴牠吧。

一波未平

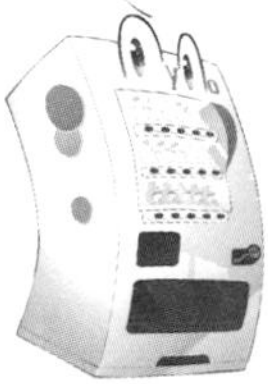

在激烈戰鬥持續的同時，戰場也不斷往我們所在的方向延伸。蛙王打算先吃掉那些衰弱得無法動彈的獵人嗎？畢竟，肉食動物會選擇捕食群體中最弱小的存在嘛。

儘管還在一段距離之外，但蛙王身上的火焰釋放出來的熱氣，似乎已經擴散到這裡來了。拉蜜絲和負傷的獵人們個個眉頭深鎖。

奮戰中的獵人們也察覺到我們的存在了，但還來不及開口對我們說些什麼，蛙王便朝這裡逼近。

反正也逃不掉了。就算只是白費力氣，還是要垂死掙扎一下，不然就吃虧了啊！

「大家預備！」

「喔～！」

所有人來到推車平台的邊緣站好，把糖果扔進可樂瓶裡，再用手指堵住瓶口。等到寶特瓶裡頭溢滿氣泡的那一刻——

「朝牠的眼睛發射！」

從寶特瓶瓶口猛烈噴發出去的黑色泡沫，目標是持續靠近我們的蛙王的雙眼。儘管飛沫在遇上火焰的瞬間蒸發，但我們還有很多庫存。

感到煩躁的蛙王企圖出手攻擊我們，但因為身上的火勢減弱，所以其他獵人也趁這個機會展開攻勢。同一時間，第二波惡整行動開始。

身為副團長的菲爾米娜小姐，也配合我們的行動釋放出魔法水柱，讓可樂噴泉順利噴濺到蛙王的雙眼。

「咕嘎咕嘎嘓喔喔喔喔！」

啊，牠開始瘋狂眨眼了。可樂噴到眼睛裡會很痛呢。我懂我懂。

看到蛙王不停暴動，其他獵人沒有放過這個好機會，一口氣群起攻擊。

好啦，該做的惡整行動已經做完了。之後應該可以交給他們了吧。趁現在趕快撤退！

「要逃跑嘍～！」

說著，拉蜜絲拉起推車全速衝刺。在她的背上搖晃的我，眺望著蛙王愈來愈遙遠的身影，為牠送上一句道別的台詞。

「期待您下一次的光臨。」

◆

在那之後，失去視力的蛙王似乎馬上被打倒了。不過，事到如今，我突然想到一件事。

如果拉蜜絲能夠運用她的怪力，從遠距離接二連三用可樂或其他飲料罐猛砸蛙王的話，應該也……啊，不過，因為她的命中率很低，所以很有可能扔不中對方吧。而且，我也沒辦法對她說明這樣的作戰計畫。嗯，就把以上這些當作藉口吧。是說，在失去冷靜的狀態下，人都會突發奇想呢。

單就結果來看的話，我的作戰計畫還算成功，所以也沒什麼好挑剔的。不過，應該還有更好的方法才對呢。嗯，還是反省一下吧。

「作戰成功真是太好了，阿箱～」

「都是你的功勞吶，阿箱。」

聽到大家的稱讚，雖然令人開心，但我的心情實在很複雜。如果什麼東西都能上架的話，我可以提供瓦斯桶，再讓大家把它扔向蛙王。這樣一來，或許就能引發大爆炸，然後擊退蛙王了。不過，現在能上架的商品，只限於我生前曾透過自動販賣機買過的東西而已。

諸如瓦斯罐或噴霧髮膠這一類的東西，在內部灌入氣體的商品，似乎都對外部衝擊和溫度變化相當敏感。或許真的有某處的自動販賣機在賣這種東西，但至少我從未目睹過就是了。

畢竟我現在也想不到其他對策，所以或許真的只剩這種辦法了吧。嗯～看來我得更了解自己的功能才行。

另外，該說是值得反省之處嗎……我的點數消耗量！兩公升寶特瓶的對應功能，再加上長條狀糖果販賣機模式，這兩者一共花了我兩千點。再加上可樂和糖果的採購成本又花了四十點。所以，我一共用掉了兩千零四十點。

不過，因為也順利得到了想要的效果，就不計較這點了。

「妳太亂來了。我都嚇出冷汗了吶。」

「對不起，會長。」

望著走過來規勸自己的熊會長，拉蜜絲朝他深深一鞠躬。略過對話內容的話，看起來就像是一名少女在懇求大熊不要吃了自己呢。

「不過，感謝你們的協助。如各位所見，是我們的失態，導致你們身陷危險之中。」

「怎……怎麼會呢，我這麼亂來一通，才是更應該道歉的人啊。」

一頭熊和一名少女不斷向對方鞠躬致歉。雖然是個看起來很超脫現實的光景，卻讓人忍不住會心一笑呢。

儘管有人在這次的討伐戰中受傷，但並沒有出現無法再次踏上戰場的重傷者。熊會長為此鬆了一口氣的反應，讓我印象深刻。

「各位，辛苦了，休息過後，我們就踏上歸途吧。不過，在抵達聚落之前，都還是遠征的一部分。可不要過於輕忽大意。」

熊會長以這句話為討伐戰收尾。

◆

在戰鬥結束後，並沒有發生什麼值得一提的事件。到了夜晚，筋疲力盡的眾人已經沒有力氣做飯，讓我因此締造出史上最高的銷售額。

啊，對了對了。可樂也莫名其妙流行起來了。那些曾被可樂噴到身上的獵人，開始對它的滋味感興趣。除此之外，因為它也是救了自己一命的飲料，所以他們想懷著感恩的心買來喝。

順帶一提，加進去之後會讓可樂噴出來的糖果，我打算暫時封印它了。要販售那款糖果的話，必須改變整台自動販賣機的樣子，這樣就無法販賣其他商品了。

之後，我們在森林裡度過一晚，並在隔天中午過後抵達聚落，一個人都沒少。

終於能讓疲憊不堪的身體好好休息了。在完全放下心來的同時，迎接我們的——卻是四處竄出濃濃黑煙的聚落。喂喂喂！

將並排的巨大木樁敲入地面形成的外牆，有一部分已經倒塌損毀。木造大門也遭到破壞……擔任守門人的卡利歐斯跟戈爾賽呢！拜託你們平安無事啊。

「這……這是怎麼一回事！不好意思，各位。雖然你們都已經相當疲憊，但看來現在得再加把勁了。」

將體力尚未完全恢復的獵人留在推車平台上，大多數的成員都一個箭步衝進聚落裡頭。

這個無法自力行動的身體真讓人痛恨啊。我也好想立刻跟他們一起衝入聚落，確認守門人、旅館老闆娘、姆納咪和那些常客是否安好。

可是，我無法憑藉自己的力量移動。別說是奔跑了，連走路都……

「大……大家……姆納咪……老闆娘……」

拉蜜絲泫然欲泣的嗓音將我拉回現實。怎麼會是我感到沮喪和無助呢。比起我，她跟這些人相處的時間更要長久啊。

為了將我視為友人的她，現在有其他該做的事情才對吧！

「歡……請（走吧）……投入硬幣。」

「咦，阿箱？」

「謝謝惠……顧……請（行動吧）……投入硬幣。」

我一直在思考。該怎麼做，才能把自己的意思傳達出去？我能說的話語有限。不過，將這些台詞交互組合起來的話，或許就能順利和他人對話了。

我能說的台詞，只有「歡迎光臨」、「謝謝惠顧」、「期待您下一次的光臨」、「如果中獎就能再來一瓶」、「太可惜了」、「中大獎了」、「請投入硬幣」。

雖然無法從這些句子之中擷取自己想說的詞彙，但在一句台詞說到一半時，馬上插入另一句台詞，是否就能拼湊出其他意思？我在內心將這些台詞交互組合過無數次，在比較沒有顧客上門的深夜時段反覆嘗試說出來，然後學會了用第二句台詞蓋過原本台詞，以及變更發音速度的方法。

剛才，我先是說出了「歡迎光臨」的「歡」，然後再用「請投入硬幣」把它蓋過去，並放慢後半句的發音速度。接著，我用「謝謝惠顧」的後半句拼湊成「行動吧」的發音，但不知道有沒有順利傳達出去。

「說得也是。不採取行動，就什麼都做不了了嘛。走吧，阿箱。」

「歡……請……（走吧）投入硬幣。」

雖然只能傳達令人焦躁的破碎片語，我還是努力壓抑住對話成立所帶來的狂喜。將來，如果能擷取每句固定台詞之中的詞彙，我或許就能將不同的單字拼湊成一句對話了呢。只能每天努力訓練了。

跟拉蜜絲一起踏入聚落裡頭之後，我發現帳棚和占少數的建築物都被破壞殆盡。這是遭到外敵攻擊的狀態吧。我將視線移往腳邊，發現地面到處都是一道道深邃的鴻溝。

看起來是某種很粗的繩索在地上拖曳的……我仔細觀察那些倒塌的建築物，發現它們都有著從外部直接被擠壓粉碎的痕跡。也就是說，做出這些暴行的是——

「旅館……旅館怎麼樣了！」

拉蜜絲拔腿狂奔的速度，讓人不敢相信她背上還揹著一台自動販賣機。我能體會她的心情，可是，把聚落弄成這樣的敵人，有可能仍留在這裡。

關於這點，我恐怕無法透過字句的組合來給拉蜜絲忠告。要像剛才那樣說話，就得事先記住感覺會用得到的句子。在這種情況下，要急中生智實在太難。

既然無法給她忠告，我只能代替拉蜜絲來留意周遭了。

有九成的帳棚都遭到破壞。趕往旅館的路上看不到半個人，也讓我相當在意。要是居民們遭到殺害，路上應該至少會出現屍體，但卻完全沒看到。

這是怎麼一回事？倘若所有居民都已經前往避難，那就再好不過了。

「找……找到了！怎……怎麼會這樣……太過分了！老闆娘！姆納咪！」

在發出悲痛吶喊的拉蜜絲眼前，是變得殘破不堪、感覺隨時都會倒塌的旅館。原本兩層樓高的這棟木造建築，已經完全沒了昔日的樣貌。屋頂被掀起，二樓和一樓之間的部分，則是呈現從內部被扭轉變形的樣子。

大門也完全扭曲，無法再次發揮原本的功能。在這樣的狀態下，這棟建築物還殘留著尚未坍塌的部分，甚至讓人覺得不可思議。感覺只要再給予些許衝擊，整棟旅館就會全垮。

從這情況看來，拉蜜絲很有可能馬上衝過去。我必須先讓她冷靜下來。設法拼湊出適合在這一刻說出來的句子吧。

「妳們兩個！快出聲回答我呀！」

妳打算衝進旅館裡嗎！唉，我得做點什麼才行！於是，我道出在腦中一閃而過的這句話。

「如果……期……（腦袋不太好）太可惜了。」

「你……你好過分喔，阿箱！」

啊，拉蜜絲大人生氣了。不過，因為情緒的轉變，她連帶稍微冷靜下來了。現在正在反覆深呼吸。

「對不起，阿箱。是因為如果我再碰到這棟建築物，它就有可能倒塌對吧？而且，沒有聽到她們的回應，就代表老闆娘跟姆納咪……有可能已經到其他地方避難了嘛。」

「歡迎光臨。」

面對能夠以「是」或「不是」回答的情況，就只能照以往的做法了。

幸好拉蜜絲能恢復成平常的她。我大概看了一下，旅館內部和外圍似乎都不見血跡。雖然不能說這種判斷結果不包含我個人的私情，但她們倆可能仍平安無事地活著。

防衛

「呃，這種時候，可以作為避難場所的……啊，獵人協會！對咧，素獵人協會！」

因為手足無措，所以拉蜜絲又迸出方言了。獵人協會嗎？這麼說來，因為我還沒好好逛過整座聚落，所以完全不知道它是一棟什麼樣的建築物。

畢竟是以打打殺殺為生的強悍獵人們聚集的場所，感覺應該會是一棟很壯觀又堅固的建築物吧。再加上會長是一頭熊，要是內部裝潢不做得耐用一點，或許馬上就會壞掉呢。

「好咧，我悶……不對，我們走！」

「歡……請（走吧）…………投入硬幣。」

唉，總覺得這種說話方式讓人不太能接受啊。不過，現在也只能妥協了。

旅館就在距離聚落大門很近的位置，所以我完全沒去過更裡面的地方。哦～原來這裡有很多看起來很穩固的建築物呢。

旅館和大門附近以帳棚占多數，這塊區域則是木造和石磚建築較多。大多數都是看起來比較堅固的建築物……或說過去曾經是。現在已經全數化為慘不忍睹的遺跡了。

也有不少建築物沒有遭到破壞。不知為何，在樓房十分密集之處，出現了一條彎彎曲曲的通道。

剛才不斷看到的、像是粗繩在地面拖曳過的痕跡，這裡同樣也有。直徑大概有兩個成年人並排躺下那麼寬吧。

「沿著被破壞的建築物前進，一定就能找到生還者吧！」

「歡迎光臨。」

雖然嘴上這麼回答拉蜜絲，但不管怎麼看，這個痕跡都像是一條巨大無比的蟒蛇所造成的。這時能夠聯想到的，就是那些半蛙人的存在。說到青蛙的天敵，一般都會先想到蛇吧。就像「被蛇盯上的青蛙」這句俗諺一樣。

生物在短時間內大量出現的現象，背後通常有很多因素。像野生動物因為天敵消失，於是便大量繁殖的事情，其實還滿常見的。而可能是蛙人魔天敵的這隻巨蟒，不知為何，今年鮮少襲擊牠們。

又或是牠太晚從冬眠中醒來之類的？因此，飢餓的巨蟒便轉而襲擊人類的聚落。有沒有這樣的可能性呢？

儘管只是個人臆測，但我認為這番推理應該說得過去。

「獵人協會馬上就要到嘍！」

我們穿越半毀和全毀的建築物縫隙，最後來到有著一座城寨的地方。

咦！這座看起來堅如磐石的城寨是什麼東西啊。材質不明的黑色外牆透著深色的光芒，給人堅固不已的感覺。兩層樓高的這座城寨，二樓有一片露天陽台，固定在地面的射箭機——弩砲在上頭一字排開。

所有窗戶都加裝了鐵格柵，無法從外頭鑽進去、也無法從內部鑽出來。雙開式的鐵製大門，光看就能讓人感受到那股重量。

至於建築物本體，規模感覺跟學校的校舍差不多，應該能夠輕輕鬆鬆收容一百名左右的避難者。

嗯，我之所以能這麼冷靜地分析，大概是因為目睹了眼前的光景吧。

在這棟八成是獵人協會的建築物前方，倒臥著某種長度和粗細都相當驚人的物體。這個茶褐色的物體表面覆蓋著鱗片，前端分岔成兩顆巨大的頭。血盆大口裡生著銳利的尖牙，沒有鼻子，只有兩道形狀細長的鼻孔。

結論是，這條全身插滿箭矢的雙頭巨蟒已經死了。而牠的身邊，除了和我們一起加入討伐隊的獵人以外，還有留在聚落裡的獵人，以及那兩名守門人。

原來卡利歐斯和戈爾賽兩人都平安嗎？呼～～感覺緊繃的身體一下變得無力了呢……呃，我應該不會因此斷電吧。剩下的，就是聚落裡的居民是否平安的問題了。

「卡利歐斯先生、戈爾賽先生！你們都平安無事嗎！」
拉蜜絲朝戰戰兢兢地戳著巨蟒的卡利歐斯跑了過去。
「喔喔，是拉蜜絲跟阿箱啊。看到你們也沒受傷，真是太好啦。」
「太好了。」
「嗯，我們都沒事喔。」
「謝謝惠顧。」
不只是拉蜜絲，就連身為自動販賣機的我，他們也很關心嗎？想透過言語表達自身的喜悅，對現在的我而言還太難了。之後就多採購一些他們可能會想要的商品吧。
「那……那個啊，兩位。我想問……」
看到拉蜜絲將雙手在胸前合十祈禱，然後這麼提問的模樣，卡利歐斯和戈爾賽——以笑容回應這樣的她。
「喔，別擔心。居民全都平安無事。大家現在都待在協會裡頭呢。」
「太……太好了～」
拉蜜絲雙腿一軟，就這樣癱坐了下來。呼～我也因為鬆了一口氣，感覺險些就要斷電了呢。
不過，原來聚落裡還有著這麼壯觀的建築物啊。實在令人意外過頭啦。
「對喔，因為拉蜜絲來到這個聚落的時間還不長嘛。聽到魔法警鈴響起的時候，所有居民必須立刻趕往這裡避難，是這個聚落的守則之一。而我們在判斷自己無能為力的時候，也會關上聚落大門，馬上逃到獵人協會來。」

「因為這裡有傳送陣。」

原來如此。照理說，聚落整體的損害這麼嚴重，應該不可能所有居民都平安無事。是因為存在著這樣的機制啊。畢竟是位於迷宮內部的聚落，這樣的未雨綢繆，或許是理所當然的事情吧。

這個聚落的外牆，是用並排的木樁圍繞而成，外觀上相當簡陋，所以讓我有點小看這裡了呢。總之，聚落裡的居民們平安無事就好。儘管建築物倒塌損毀，但至少大家都還活著。

被破壞的家園還可以重建——我並不打算說這種冠冕堂皇的話。所謂的家，不僅是財產，更是聚集了家人點滴回憶的寶箱。至少，不曾失去過家園的人，恐怕沒資格說出「只要人還活著就好」這種話。

可是……就算這樣，我還是覺得大家都能活下來，真的是太好了。自從我在這裡展開生活，雖然只過了短短幾個星期，但不管是每天都會露臉的常客，或是單純從我面前經過的居民，我都打從內心不希望他們死去。因為自己已經死過一次了，所以我更……

「嗯，雖然被破壞得亂七八糟，但三年前的狀況同樣很慘重吶。所以，我們駐守的大門附近的外牆，才會長得那麼克難。」

這個聚落三年前也曾遭逢這樣的災難嗎？所以，大門附近才多半只有帳棚，比較堅固的建築物則在這一帶。這裡的居民似乎比我想像的更加堅強呢。

「拉蜜～！歡迎回來！」

「呼～我還以為這次鐵定撐不住了呢。哎呀～今天的攻擊還真是激烈啊。拉蜜絲，妳有沒有受傷？」

人們陸陸續續從敞開的巨大鐵門後方走出來。身為常客的那對老夫婦，還有年輕商人也在。雙馬尾大小姐希歐莉看起來也很平安。黑衣集團一如往常地陪伴在她身旁。

又看到另外幾張熟面孔之後，我才真正感覺到這一連串事件的結束，然後徹底鬆了一口氣。

「謝謝惠顧。」

雖然沒打算說出這句話，但這其實也不算說錯話呢。

感覺現在真的能稍微喘口氣了。

「呼～～放下心來之後，感覺肚子就餓啦。阿箱，我要一瓶能消除疲勞的神水。」

「我就喝甜甜的茶吧。」

「那我喝阿洛瓦茲的果汁好了。拉蜜、媽，妳們也喝一樣的嗎？」

「嗯，我也喝這個就可以了。」

「嗯，麻煩妳嘍。」

卡利歐斯是運動飲料、戈爾賽是奶茶、姆納咪、旅館老闆娘和拉蜜絲是柳橙汁嗎？來吧，這些全都我請客，特別大放送啦！

「哎呀，老伴。是阿箱先生喲。」

「不需要這麼用力拍我，我也看得到啦。我就買平常都會喝的水吧。老伴，妳是喝那個黃色的湯嗎？」

「我也買一瓶甜甜的茶好了。啊，姆納咪小姐，妳也在啊。真巧呢～」

好，也免費提供給早上的常客三人組吧！

「阿箱還真是出現得恰到好處耶。來吃乳白色的麵吧。」

「我想吃有一塊褐色東西放在上面的那種麵。」

「那我要吃點什麼呢～」

客人接二連三地聚集過來了。唉，換成平常的話，我應該會為了生意興隆的現況而開心不已，但今天就先不管銷售額吧。所有商品免費提供的優惠活動！只有今晚喔，混蛋！

啤酒、雞尾酒和燒酒調酒等新上架的酒精飲料，也是一應俱全喔。伙伴們，今晚就好好狂歡一下吧！

……接下來的日子可能會不太好過。無法幫上半點忙的我，希望至少能讓他們收下這些禮物。雖然我只能做到這點事情，但身為聚落的一分子，日後還請各位繼續多多指教了。

接著，居民們開始確認生還者人數。因自宅倒塌而無法再次入住的人，則是忙著把身家行李搬往獵人協會。在這些作業結束後，大口喝酒、大聲唱歌的熱鬧宴會便展開了。

這場宴會的主菜是雙頭蛇。大家毫不在意地大啖著紅燒蛇肉和蛇肉串烤。該怎麼說呢……這個世界的人都好狂野喔。在日本很少有機會能吃到蛇肉呢。那些富含油脂的肉塊看起來好美味的感覺。

明白我在今晚免費提供商品後，就連以往沒跟我買過東西的人都聚集過來，讓我補了好幾次貨。至於銷售狀況，新上架的酒類賣得最好，接著則是加工洋芋片和關東煮。很多人會把這兩樣商品當作下酒菜，而和酒類一同購買。明天，恐怕會有不少宿醉的人過來買運動飲料吧。也另外採購味噌蜆湯好了。哼哼哼哼，免費活動可只限於今晚喔。從明天開始，小弟就要繼續從你們身上撈錢嘍。

「阿箱，你有在喝嗎～」

有醉鬼過來糾纏我了。因為喝醉而情緒高亢不已的拉蜜絲，倚著我的機體一屁股坐在地上。在日本的話，這已經是違法行為了。不過，這個異世界的合法飲酒年齡好像很低呢。有幾名看起來不過是高中生歲數的獵人，也若無其事地喝著酒。

拉蜜絲一臉渙散的表情，看起來相當幸福。我或許是頭一次看到這麼幸福洋溢的醉鬼呢。

「參加討伐隊之後，雖然吃了很——多的苦頭，但也過得很充實呢～」

「歡迎光臨。」

嗯，我同意這一點。儘管歷經如此激烈的戰況，卻沒有半個人喪命。這想必是因為包含眾多獵人在內的聚落居民，對於「求生」一事都很得心應手吧。不愧是和魔物生活在相同階層的人們呢。

不同於一般在村落或城市中生活的人，這裡的居民每天都過著和危險相伴的生活。

要是我以和生前一模一樣的人類肉體轉生到這裡的話，到底活得了幾天呢……我會轉生成一台自動販賣機，或許真的是因為上天的憐憫呢。

「然後啊，我結得很開心咧～大家都還活著，讓我真的好開心。不過咧～」

拉蜜絲的說話方式變回方言了呢。她的眼睛感覺也快要睜不開了。儘管看似快要睡著，她還是拚命硬撐著。不用這麼勉強，放心睡下就好了啊。

「回到這裡豬後，看到大家全～都朝阿箱跑過來，讓我超～～～～級高興的咧。原來，在不豬不覺中，阿箱也變成被這個聚落需要的存在哩。所以，我真的好開心、好開心……呼～」

哎呀呀，話說到一半就睡著了。

是嗎，原來拉蜜絲是這麼想的啊。她真的是個溫柔又暖心的人呢。要是在日本遇見這樣的女孩子，我可能會真心喜歡上對方。

晚安，拉蜜絲。明天過後，也請繼續指教嘍。

振興計畫

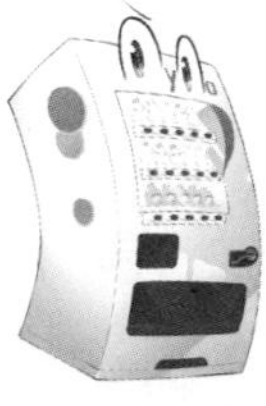

大家好，我是自動販賣機。敝人的居住地從旅館外頭遷移到獵人協會外頭了。

到了早上，姆納咪和旅館老闆娘就精神百倍從協會裡跑出來。對了對了，變成一堆殘磚破瓦的旅館，好像會被完全剷平，然後再從零開始重建的樣子。

旅館似乎是聚落必要的設施，所以獵人協會會提供重建經費。看著這對母女笑著討論「這次要蓋一棟更豪華的旅館」，敝人總覺得有點可怕呢。

呃，這種說話語氣好累人啊，算了。

我原本也想趁這個機會振作，但不習慣的事就是不習慣呢。

昨天做了一場賠本生意，從今天開始，可要確實把錢賺回來才行。現在，我已經賣出了大量的商品了呢。

一大清早，昨天喝個爛醉的那些人，便像活屍那樣搖搖晃晃地走到我前頭，然後陸陸續續購買了商品。因為昨天免費供應的活動，而初次接觸到我的商品的居民，多半也成了再次回鍋的客人，讓我簡直無法抑制想得意大笑的衝動……一如我的計畫內容啊！

在起床之後，拉蜜絲隨即被熊會長找進協會裡頭。在這次的遠征之後，如果周遭對她的評價也能跟著改變，就很令人開心呢。

今天，杯麵從一大早就出現超人氣的銷售量。前來購買的客人，幾乎都是因為聚落遭到攻擊，而連烹飪器材都沒得用的人，或是因為昨晚亢奮過頭，導致現在沒有半點力氣下廚的人。

老實說，如果聚落裡的居民出現經濟困窘的問題，我願意把杯麵設定成賠本價供應。不過，大家似乎早就對「自家某天可能會遭到破壞而倒塌」一事有所覺悟，所以都把大半的現金財產放在獵人協會裡頭的倉庫託管。

從今天開始，為了承接建築施工，或是防衛、護衛委託的獵人，想必會大量湧入這個聚落。而商人們也看準了這一點，為了掌握相關商機而東奔西走地做準備。這裡的居民真的是充滿活力耶。

「阿箱！我從會長那裡直接接到委託了喔。很棒吧！」

「歡迎光臨。」

拉蜜絲也出人頭地了呢。不過，我可以猜到會長的委託內容。

「然後啊，你知道嗎？竟然是負責清除瓦礫殘骸的委託耶！」

我想也是呢～在見識過拉蜜絲的怪力之後，不管是誰，都會想委託她這樣的任務吧。

這樣的工作，應該就能讓拉蜜絲好好發揮她足以匹敵工程機械等重機的力量了吧。就算無法控制力道而破壞了現場，也不會引發任何問題，所以，就算拉蜜絲的命中率很低，也可以放心交給她處理。

「首先，會長要我去整頓旅館原本的所在地。因為他說想馬上開始蓋新的旅館呢。」

如果會有大量人潮湧入聚落，果然還是得先蓋好旅館呢。雖然獵人協會外頭搭起了很多簡易帳棚，但大家應該都比較想在旅館裡好好放鬆休息吧。

也就是說，我又會被安置在原本的位置了嗎？

拉蜜絲揹著我抵達舊旅館所在地時，老闆娘和姆納咪已經在著手進行整頓作業了。她們倆身上都穿著旅館的制服，而且還在裙子之下又穿了一件工作褲。這樣的話，不要穿裙子就好了啊。

然而，她們或許有自己的堅持吧。

「姆納咪～～老闆娘～～～我來幫忙嘍～」

「拉蜜，妳來了呀。這樣等於有一百個人的助力了呢。阿箱也一起過來了嗎，早安～」

「歡迎光臨。」

我真心希望自己的固定台詞能有「早安」和「晚上好」的招呼語。不過，大家似乎也都習慣了，所以會把我的「歡迎光臨」視為打招呼呢。

「呃……好像只要把瓦礫搬到這個手推車上，再運往大門附近就可以了。那裡好像有人會幫忙分類可燃和不可燃的垃圾。」

「啊，這樣嗎？那等堆放到某個程度，我就把推車拉過去。阿箱，你就待在這裡，把飲料跟食物賣給大家吧。」

「歡迎光臨。」

被安置在既定的老位置上，讓人莫名有一股安心感呢。

喔，陸陸續續有人過來了。看上去清一色都是年輕人，也有好幾張之前一起參加討伐隊的熟面孔。年輕的獵人都被指派過來清除瓦礫殘骸了嗎？

「喔，這裡就是工作現場嗎？咦，是那個擁有自我意志的箱子？太好啦，我真是走運。」

「啊，真的耶。這樣隨時都能過來買好吃的食物嘍！」

「振興計畫的委託報酬很豐厚，所以可以卯起來花用啦。」

能看到各位這麼開心的反應，真是太好了。運動飲料感覺會暢銷一陣子呢。多上架幾瓶來吸引買氣好了。

那麼，就來觀察大家勤奮工作的樣子吧。

不愧是以體力討生活的獵人，那些前來幫忙的年輕人動作都十分俐落。而旅館老闆娘和姆納咪也不遑多讓。我能明白她們說旅館的工作都是粗活的理由了。

不過，論活躍程度，他們可完全無法和拉蜜絲相提並論。必須動用三個人的力量才能抬起的柱子，拉蜜絲可以自己一個人將其輕鬆扛起，再放到推車上。

遇到體積太大而無法搬運的瓦礫，她還能以拳腳功夫將其粉碎成適中大小。看到這光景的獵人無不目瞪口呆。這也是當然的。生得嬌小可人的她，卻能夠施展出非比尋常的怪力。這樣的反差，很難不讓人感到驚訝。

「因為已經堆得很高了，所以我先把這些拿去扔掉喔～嘿咻。」

這樣的大型推車，原本應該由生著尖角的豬——烏納斯斯或是馬匹等動物來拉，不過，若是有拉蜜絲的怪力，拉車便完全不成問題。因此，她也一臉理所當然地獨自將滿載瓦礫的推車運走。

留在原地的獵人們茫然地眺望她逐漸遠去的身影。

「那個女孩子好厲害啊。我們可不能輸給她。」

「那就是加持的力量吧。不過，真的是很驚人的怪力呢。」

「等聚落的振興作業告一段落，我想邀請她加入自己的隊伍呢。不過，像她那樣的人才，應該已經隸屬於某支有名的隊伍了吧。」

聽著這些獵人的對話，可以發現他們對拉蜜絲的評價很高。看到她積極又努力的工作態度，確實會給人優秀獵人的印象呢。我懂，我完全懂。然而，現實是拉蜜絲並沒有任何獵人同伴。目前，她和聚落裡的居民都相處得十分融洽。但說到獵人業界的人脈，除了熊會長，還有那個什麼團的成員以外，她恐怕完全沒和其他相關者說過話呢。

過去，拉蜜絲似乎因為無法確實運用自己的怪力，所以經常落得白費力氣的下場，原本一起組隊的獵人甚至還嫌她礙手礙腳。不過，這種只靠蠻力的單純工作，對她來說，簡直就像探囊取物那麼輕鬆。如果她能承接以這種工作為主的委託，身為獵人的評價或許也能跟著提昇吧。

「我回來嘍～！好，繼續努力吧～」

看到遠處有個揚起塵埃的影子靠近，就知道應該是拉蜜絲回來了。拉著變輕的空推車時，她的腳程更快了呢。但這樣的她，其實也為自己的體質傷透腦筋。因為，要是背上少了我這個重量恰到好處的行李，她就會覺得身體變得太輕，而無法隨心所欲地活動。

拉蜜絲之前曾跟我透露過，要是身上沒有負載一定的重量，光是奔跑，她就會覺得自己彷彿每一步都在彈跳，所以，活動身體有時會讓她頭暈目眩。而拉蜜絲的手套裡也嵌入了鐵板，讓她能夠藉此調整身上的負重量。因為平常總是抑制著自己的力量行動，一旦卸下這樣的束縛，反而會讓她無法稱心如意地動作，也因此不斷挫敗，然後被周遭視為吊車尾的獵人。這似乎就是大家對拉蜜絲的評價的由來。

據說，拉蜜絲過去還曾拜一名實力高強的獵人為師的樣子。但因為對方當時仍在旅行途中，所以，有將近兩個月的時間，那名獵人一直讓拉蜜絲替自己揹著裝滿水的瓶子——她曾語帶懷念地告訴我這件事。

「喔，大家都開始幹活啦。拉蜜絲小妹、阿箱，你們好嗎～」

在眾人滿頭大汗地工作時，帶著睡眼惺忪的表情、打著呵欠來到這裡的人，是那個蓄著鬍渣的凱利歐爾團長。

感覺他很喜歡那頂疑似會出現在西部片裡的牛仔帽呢。之前在戶外紮營時，他也一直都戴著那頂帽子。雖然這個人身手的確了得，但因為他打量我的眼神總帶點可疑的味道，老實說，對於凱利歐爾，我實在很難抹去「無法信任的大叔」這種印象。

「喂……喂，那個人不是愚者的奇行團的團長嗎？」

「你說獵人隊伍中實力居冠的那個……？」

「不知道等一下能不能跟他握個手？」

原本忙碌的年輕獵人們停下手邊的動作，個個露出興奮的神情。

怎麼？原來凱利歐爾團長是個名人嗎？他確實實力高強，也受到自己的團員愛戴，但沒想到他還是個超有人氣的存在啊。打著「愚者的奇行團」這種詭異團名的他們，原來是獵人業界赫赫有名的隊伍？

「喔～各位都很努力嘛～大叔我就來賄賂一下你們這些勤奮工作的年輕人好了。我請客，大家自己跟阿箱買想吃的東西吧。當然，那邊的幾位淑女也不用客氣喔。」

嗚哇～我第一次親眼見識到能說出這種做作台詞的人耶。雖然無法判斷他是本來就這副德性又或是演出來的，無論如何，我很不擅長應付這種人。

雖然凱利歐爾的發言讓年輕獵人們一陣騷動，但拉蜜絲、姆納咪和旅館老闆娘倒是沒什麼特別反應呢。她們一臉泰然自若地討論起來。

「他要請客啊。那……我要這個跟這個。」

「拉蜜～這種時候，應該從最貴的商品依序買起啊。」

「那麼，我就買一百個裝著燉煮食品的罐頭，來當下酒菜的存貨吧。」

這……這對母女完全不留情耶。是因為長年經營旅館，所以已經習慣應付凱利歐爾這種人了嗎？

「這……這有點太……麻煩各位一個人買兩樣商品就好。」

朝自己的錢袋裡頭看了看之後，凱利歐爾表情僵硬地這麼說。很好，繼續敲詐吧。雖然乍看之下是個很容易被說動的輕浮人，不過……儘管是一臉愛睏的放鬆表情，看到他藏在帽簷之下的犀利眼神，先前的感想便會煙消雲散。

「拉蜜絲小妹，妳要不要加入我們的團隊啊？當然，阿箱也一起來。」

凱利歐爾摟住拉蜜絲的肩頭，以像是在約她一起吃飯般的輕鬆語氣問道。

他不是打迂迴戰，而是直接開口挖角嗎？拉蜜絲打算怎麼回應呢？從周遭獵人羨慕不已的眼光看來，能被挖角加入愚者的奇行團似乎是相當光榮的一件事。

「咦，不要。」

拉蜜絲隨即這麼回答，並撥開摟著她的那隻手。做得好，我太感動了。

凱利歐爾或許完全沒料到自己會被拒絕吧，他吃驚得雙眼和嘴巴都張大到一種極限。啊，宛如註冊商標的那頂帽子也歪一邊了呢。

「這……這樣啊。嗯……呃，妳就慢慢考慮吧。我很期待妳改變心意喔。噢，來跟阿箱買瓶水吧。昨天喝太多了，宿醉有點嚴重……」

「歡（煩！）……………迎光臨。」

啊，他的帽子快整頂滑下來了。

金幣與銀幣

凱利歐爾團長帶著哀戚的氛圍，垂頭喪氣地離開了。

在我看來，拒絕他或許是正確的選擇。就算是赫赫有名的隊伍，但加入他們的話，以生命為賭注的戰鬥機會便會增加。單獨行動的獵人，同樣會過著和危險比鄰而居的生活，這點我明白。可是，比起在高手身邊鍛鍊，我私心認為拉蜜絲更應該待在聚落裡慢慢培養自己的實力。

話說回來，這純粹是我個人的意見。拉蜜絲為何會回絕呢？對此，我感到相當不可思議。

「喂喂，妳為什麼要回絕愚者的奇行團的挖角啊！」

喔，這位短髮獵人吐嘈得好啊。就是這個。我也想這麼問呢。

「嗯～因為這個聚落的振興計畫才剛開始啊。要是人手不足，不是很傷腦筋嗎？」

獵人們全都露出驚訝到嘴巴合不起來的表情。呃～拉蜜絲……我覺得人家應該不是要妳現在馬上加入的意思耶。跟凱利歐爾提出要求的話，他們應該也願意等到振興計畫全數完工吧。

「那麼，大家繼續再接再厲吧！」

除了拉蜜絲以外，其他獵人紛紛嘆了一口氣，才重新開始自己的工作。儘管因無法理解現況而露出困惑的表情，拉蜜絲也開始繼續收拾瓦礫殘骸。

之後，並沒有發生什麼特別有趣的事。到了中午，把大量的杯麵和關東煮罐頭賣給旅館重建部隊後，拉蜜絲便揹著我前往獵人協會外頭。

抵達的時候，已經有不少客人在等著我們到來。從商品接二連三售出的情況看來，昨天的虧損額應該馬上能填補回來。

我的客人多半都是已經有過購物經驗的回鍋買家，不過，今天倒是出現了很多不曾跟我買過東西的人。因為我對他們的長相沒有印象，所以，或許是今天第一次來到清流之湖這個階層的人吧。

這些人有著一個共通點——綁著頭巾、穿著長袖上衣和口袋特別多的褲子。該怎麼說呢……感覺像是建築工人？乍看之下，他們至少也有一百個人來著呢。也就是說，聚落人口至少已經增加成原本的兩倍嘍？

傷腦筋耶～又有大量的商品會迅速銷出了嗎？傷腦筋啊～哎呀～好困擾、真是太困擾了……之後來慢慢清算點數吧。

「好～阿箱，我們回去重建現場吧～」

「歡迎光臨。」

再次回到旅館前的既定位置上後，在我接待前來購物的客人時，有人靜悄悄地走到我的面前。

原來這個世界也存在著眼鏡，以及類似套裝的衣服嗎？配戴黑框眼鏡、穿著綠色襯衫和長度不及膝蓋的短裙的這名女性，正目不轉睛地盯著我看。

如果是在日本的話，感覺她很適合擔任會計師或律師呢。一雙眼角微微上揚的鳳眼，讓她看起來有點凶悍，不過，確實是位美女。

站在她身後那名身高超過兩公尺的壯漢，跟這位女性認識嗎？他整個人有如一塊巨大的倒三角形肌肉，一對手臂很長。眉心有幾道皺紋，眼角下垂，鼻子也很塌。說實話，他給人的第一印象，就好像一隻很好相處的大猩猩。

壯漢身上雖然也穿著正式的西裝，但看起來緊繃到隨時都可能裂開。他的背上還揹著看似巨大後揹包的東西。

「您就是那個擁有自我意志的箱子，沒錯吧？大家好像都稱呼您阿箱大人？」

她突然向我搭話了。咦，該怎麼回答才好啊？總……總之，就用平常打招呼的方式好了。

「歡迎光臨。」

「根據事前調查的情報，我們可以將您這樣的回應視為『是』的意思吧？」

……這個人感覺好難應付！她的臉部表情沒有半點變化，而且又超有魄力的啊。光是被她盯著看，就覺得全身僵硬呢。嗯，雖然我是自動販賣機就是了。

她的目的是什麼？好像打算跟我說什麼正經事耶。怎……怎麼辦啊？

「咦，怎麼了，阿箱？呃，請問兩位是？」

拉蜜絲從我的身後探出頭，落落大方地向那名黑框眼鏡的女性搭話。

「您就是拉蜜絲小姐吧？失禮了，敝人是貨幣兌換商艾可薇，請多指教。在身後的是我的助手哥凱。」

「請多多指教。」

嗓音聽起來冷靜清澈的艾可薇，以及語氣比較溫和親切的哥凱。真是極端的兩個人呢。

不過，貨幣兌換商啊……在現代，這種職業負責的是將日幣換成美金之類的匯兌業務。但在過去，他們的工作內容，好像是將金幣和銀幣互換呢。我有聽說過，這樣的職業，似乎就是銀行的起源。

「我們得知這個階層發生銀幣不足的問題，所以特地前來視察。」

是哪個傢伙把銀幣大量囤積起來啊。太不知羞恥了吧。

「啊～因為大家都是用銀幣跟阿箱買東西呢！」

噓！拉蜜絲，不能把這件事說出來啦。咦，難道一味囤積銀幣的我，就是造成貨幣流通受阻的元凶，所以必須受到這名女性指責嗎？

可是，我也已經把銀幣轉換成點數了耶。現在我也無可奈何啊。

「果然如此嗎？我們判斷這樣的現況是個好機會，所以打算對阿箱大人提出一個建議。我們帶來了約莫一百枚的金幣，能否請您用貯存在體內的部分銀幣跟我們交換？」

咦，是來洽商的啊。關於用金幣兌換銀幣一事，我是沒有意見啦，不過，我記得一枚金幣好像有著百枚銀幣的價值吧。如果換算成日幣，這裡的金幣大概等於十萬日圓嘍？因為幣值一直都在變動，所以這也只是大概的數值就是了。不過，一百枚金幣可是一筆相當大的數目呢。這樣不要緊嗎？

可以的話，我也想答應兌換貨幣，但該怎麼做才好啊？

追加功能裡有〈兌換貨幣〉這一項嗎？一般的自動販賣機恐怕沒有這種功能耶。呃……我大致瀏覽了功能選單，果然找不到呢。

「太可惜了。」

「這是您無法允諾的意思嗎？」

真的萬分抱歉。我也很想這麼做，可是卻無計可施呢。

「啊，不能直接兌換貨幣的話，用金幣跟阿箱買東西就可以了吧？這樣一來，他就能用銀幣找錢了。」

拉蜜絲這句不經意的發言，讓原本微微低著頭的艾可薇猛地再次抬頭望向前方。閃閃發光的雙眼，讓我感覺她的臉上首次出現表情。

然而，如果真的將金幣投入我的體內，會發生什麼事呢？至今從未有人這麼做過。畢竟，在不確定我是否會找錢的情況下，沒有勇者願意試著投下金幣嘛。

「這樣呀！哥凱，我們一次把錢找開吧。投入金幣。」

啊，這是我第一次收到金幣耶。怎……怎麼辦？要是無法找錢的話，就把金幣再還給他們好了。

喔喔！在自動販賣機的人生中，第一次有金幣進入我的體內呢。如果對方買了價值一枚銀幣的商品，我就要找九十九枚銀幣給他們嗎？男人就要有膽識，凡事都得試試看。

我的全身上下都湧現一股至今未曾有過的感覺，自動販賣機的機體也因此震動起來。這就是金幣進入體內的感覺啊……呃，現在不是沉醉的時候。有辦法找零嗎？

伴隨著一陣唰啦啦的聲響，大量銀幣從找零口落下，溢出來的銀幣接二連三掉到地上。在遠處目睹到這番光景的獵人們，都不自覺地嚥了一口口水。

原來我可以正常找錢嗎？要是無法找錢，可能會被當成小偷呢。

「這麼做就行了。我們繼續購物吧。」

他們陸陸續續投入金幣，我則是陸陸續續排出銀幣。哥凱彎下他壯碩的身軀，將落在地上的銀幣一枚不漏地拾起。

投入十枚金幣之後，艾可薇似乎也心滿意足了。她帶著一臉難掩喜悅的表情，眺望哥凱身上裝滿銀幣的後揹包。扯上錢的事情，才會讓她的表情出現變化嗎？

「再買下去的話，有可能對阿箱大人的身體造成負擔，所以今天就到此為止吧。那麼，我們過幾天會再來向您購買商品。今後也請多多關照。」

艾可薇帶著彷彿下一刻就會輕快跳步的背影離開。而哥凱雖然身上揹著裝入大量貨幣和商品的後揹包，看起來卻仍是一派輕鬆。如同他的外表，哥凱是個力大無窮的人呢。

我必須跟這兩人維持長久的交流嗎？雖然他們不像壞人就是了。

「阿箱，你好有錢呢。得注意別讓自己的錢被人拿走喽。」

「歡迎光臨。」

也是。不過，就算把我的機體破壞、分解，裡頭恐怕也不見得有錢呢。因為我進貨的商品也是一下子憑空出現的，比起原本就將貨幣貯存在體內，感覺我比較像是能讓貨幣因應需求而出現吧。

和拉蜜絲對話時，我感受到好幾道死盯著這裡瞧的熾熱視線。在年輕獵人眼中，我這個剛吸收了十枚金幣的身體，想必相當有魅力吧。

對了，聽說自動販賣機不會設置在治安不好的地方。所以，在日本四處可見的自動販賣機，似乎就是這個國家十分和平、治安也很良好的證據。

針對有可能把歪腦筋動到我身上的人，這陣子可得提高警覺才行。

「啊，對了對了。抱歉喔，阿箱！我一直忘記跟你說，我們可能暫時見不到休爾米了。我有寄信給她，但遲遲沒收到回信……我想，她可能又到地底的某個階層閒晃了吧。所以，在收到休爾米的聯絡之前，我們就在這個地方待命，好嗎？」

看著將雙手合十、還不停向我鞠躬道歉的拉蜜絲，我以「歡迎光臨」回應她。我一瞬間還浮現了「休爾米是誰啊」這樣的疑問。印象中，拉蜜絲和我相遇時有提到呢。就是她身為魔法道具技師的那個朋友。

對喔，我們還有這樣的目的嘛——我以一副不關己事的態度想起了這件事。

雖然歷經了一段奇妙的相遇，但振興計畫第一天的作業仍相當順利地結束。到了夜晚，我回到獵人協會的外頭，在固定位置販賣讓客人當成晚餐的商品。晚餐時間過後，我茫然眺望著聚落裡的燈火陸陸續續熄滅的光景。

這個世界似乎存在著功用和燈泡差不多的魔法道具，所以，到了晚上，聚落裡頭仍可見四散的光亮。然而，和日本的夜晚比起來還是相當昏暗。魔法道具疑似是相當高價的東西，一般家庭裡幾乎看不到。大家基本上都是使用油燈，在外頭設置火炬的帳棚也很常見。

在燈火周遭的區域還算明亮，但只要稍微離開一段距離，外圍便是漆黑深沉的黑暗。

我所在的位置也是一處遠離光源的地方，照理說很難被人注意到。但我可是一台自動販賣機。因為能夠自體發光，所以總是異常地引人注目。

然而，今天的我選擇熄燈，並透過變換機體顏色的追加功能，把自己塗成全黑的模樣。除了白天從遠處觀看貨幣兌換過程的那些獵人以外，之前遠征時，也發生過小混混覬覦我體內錢財的事件。因此，到了夜晚，我選擇融入周遭的黑暗，藉此避免無謂的爭端。

「咦！我記得它都會出現在這附近啊……」

「是移動到其他地方了嗎？那個怪力女經常扛著它到處跑嘛。」

「可惡！繞到旅館遺址那邊去看看吧。」

還真是說曹操，曹操就到耶。有三個男人正在尋找我的樣子。不過，他們並不是白天一起工作的那些年輕獵人。

其實，就算他們想動歪腦筋，我也能起動〈結界〉保護自己。如果把說話音量調到最大，獵人協會裡頭應該也會有人聞聲衝出來，所以不成問題。只是，如果能和平解決，這麼做是最好的嘛。

大人的自動販賣機

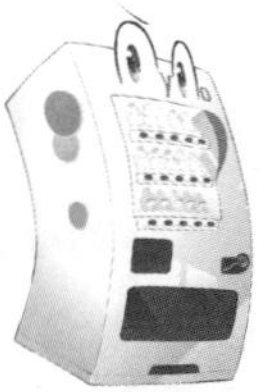

在那之後，又過了一個星期。因為正在推行的振興計畫，這個聚落湧入了大量的人口和金錢，氣氛也變得相當活絡。

而我分辨新居民的方式，就是他們看到我時，是否會做出驚訝的反應。真的很簡單明瞭呢。

實質上負責管理這個聚落的獵人協會，為什麼有資金僱用如此龐大的人力，之前一直讓我百思不解。原來，從那隻雙頭蛇和蛙人魔王身上採集下來的素材，都有著高到嚇死人的價值呢。

順帶一提，討伐隊的成員和獵人協會簽訂的契約，是「獵人協會將提供比平常更豐厚的報酬，但從魔物身上採集到的材料將全數歸獵人協會所有」這樣的內容。因此，有不少獵人都不甘心地直跳腳呢。

不過，當初有參與蛙王討伐戰的獵人，還有一筆額外的報酬可拿，所以之後也不再有獵人提出抗議了。另外，因負傷而無法自力逃跑的那些獵人，還都前來向我表達「都是託你的福啊，謝嘍」的感謝，同時也跟我買了大量的商品。

聽說，那隻雙頭蛇是一種叫做「蛇雙魔」的魔物，以清流之湖這個階層為棲息地。一如我的推測，牠是那些半蛙人的天敵。一般情況下，有牠的捕食行為，半蛙人的繁殖數量才能得到控制。不過，這隻蛇雙魔似乎離開了自己原本的勢力範圍，到較遠的區域攻擊小型的半蛙人聚落，並藉此強化自己的身體。

然後，在打算前往半蛙人大量繁殖——意即我們之前攻打的那個聚落獵食的路上，那隻雙頭蛇先發現了人類的聚落，所以才會演變成今天的結果——這是獵人協會做出的推斷。

嗯，至於我為何知道得這麼詳細，是因為我目前正待在獵人協會的會長室裡。

「以上就是這次發生的事件大略的來龍去脈。拉蜜絲、阿箱，你們都表現得很好。要是沒有你們，事態很可能會不斷惡化下去。萬分感謝。」

「別……別這麼說，請你把頭抬起來吧。」

隔著一張桌子坐在我們對面的熊會長，從沙發上起身，然後深深一鞠躬。為了阻止他，拉蜜絲拚命揮動自己的雙臂。因為她的動作太激烈，甚至讓周遭揚起一陣陣的風。真是不容小覷的怪力。

然後，佇立在這兩人身旁的，則是身為自動販賣機的我。要是一般的地球人瞥見這樣的光景，八成會懷疑自己的眼睛吧。

「會找兩位過來，除了要發放額外報酬，以及概略說明這次發生的事件經過以外，其實，我還有一件事想要請教阿箱。」

嗯？會是什麼事啊？這麼慎重的語氣，反而讓我警戒起來了。看到熊會長變得認真的眼神，該怎麼說……好像會激發出「快逃」這種動物生存本能的欲求呢。雖然我是一台自動販賣機啦。

我明白熊會長是一位有智慧的紳士，然而，一頭高大的熊出現在眼前的魄力，果然無法輕輕鬆鬆就習以為常。

「阿箱。我聽說，只要是客人想購買的東西，你都有辦法將其化為商品提供。這是真的嗎？」

這樣的評價好像太誇大不實了。在採購新商品時，我的確會刻意挑選客人可能需要的東西。不過，我能夠供應的商品，僅限於「自己生前曾經從自動販賣機購買過的商品」。

要是什麼東西都能提供的話，我就會上架手槍之類的武器，讓之前的討伐戰變得更輕鬆了。如果是自動販賣機賣不了的東西，我也沒轍呢。儘管我可以很有自信地說自己幾乎把曾經在自動販賣機看到的商品都買過一次了，但世上應該還有很多我沒見識過的自動販賣機商品吧。

所以，我的答案應該是「否」。可是，我也想表達出「自己能因應某種程度的客人需求」的事實。該怎麼回答才好？

「歡迎……太可惜了。」

「唔，這是什麼意思？」

「我覺得阿箱應該是想說『有的東西可以，有的東西不行』這樣吧。」

「歡迎光臨。」

拉蜜絲的即時口譯總是幫了我大忙呢。

聽到拉蜜絲的說明，熊會長似乎也明白了我的意思，於是點了好幾次頭。啊，這時候，可不能湧現「好像動物園裡頭向人討食的熊」之類的想法呢。

「原來是這麼一回事。那麼，可以的話，我想拜託你一件事。呃～拉蜜絲，能請妳暫時離席嗎？我想跟阿箱私下談談。」

「是沒關係啦……呃，那我在一樓等可以嗎？」

「嗯，麻煩妳了。我們談完之後，我會派人過去知會妳。」

「嗯，我知道了。我媽也曾經說過，男人之間的對話，女孩子不可以插嘴呢。那我在樓下等你們喔。」

「謝謝惠顧。」

我對著拉蜜絲離去的背影表達感謝之後，她轉過身用力朝我揮揮手，然後關上會長室的大門。

現在，密室裡剩下一頭熊和一台自動販賣機。如果他不主動開口，對話就無法繼續了。

「首先，我向你說明一下現況吧。目前，這個聚落湧入了許多人口。三年前，這裡原本是個更繁榮的聚落……不，就算說規模跟一座城鎮差不多，或許也不為過。」

從自己的銷售額，我也實際感受到聚落人口增加一事。關於三年前發生過什麼，印象中，旅館老闆娘和卡利歐斯好像都有提過。

原來，這裡曾經是一座繁華熱鬧的城鎮嗎……？見識過獵人協會周遭那些雄偉的建築物之後，我原本覺得，不管怎麼想，對只有百人左右的居民來說，這個聚落都太大了一點。是因為這樣啊……我終於懂了。

「三年前，有許多居民在那起事件中喪命，而倖存下來的生還者也紛紛離開了這裡。最後留下來的，大概只剩下一些獵人，還有視經商為畢生使命的商人吧。這個地方不會徵收稅金。看上這一點而選擇留下來的他們，就算歷經這次的攻擊事件，也毫不氣餒。現在，損失的部分幾乎都已經填補回來了。」

這裡的人真的都好堅強喔。就算只是普通的居民。也相當可靠呢。

「這次，我們在沒有出現死傷者的狀況下，成功擊退蛇雙魔。這個消息傳開後，針對本聚落的防衛性能，其他地方的居民都給予相當高的評價。因此，想遷入這個聚落的人口也跟著增加，造就了現在的盛況。除了修復毀損的民宅，我們還計劃建造新的民宅和店鋪。」

感覺是個賺大錢的好機會呢。得趕快來想想要追加什麼新商品和新功能。

「人口一旦增加，就會衍生各式各樣的問題。在糧食需求上，除了能期待你的商品以外，其他商人也很明白這樣的現況，因此採購了大量的相關物資進來。所以，這方面應該無須擔憂。」

嗯嗯。因為獵人協會外頭也開始出現路邊攤了嘛。最近，因為杯麵的銷售量下滑，所以我正在物色新商品呢。不過，基於飲料的銷售量取而代之地提高，所以我的總銷售額倒是沒變。品項多到令人眼花撩亂的日本飲料業界——能夠在這樣的業界生存下來的王者級商品，其滋味、口感和創意都令人耳目一新，現在也完全贏過了這個異世界原本的飲料。

「抱歉，有些扯遠了。我們就切入主題吧。現在，最令人頭痛的就屬性產業的問題了。我們熊人魔除了繁殖期以外，鮮少會有這方面的慾望，但人類並非如此。現在，因為人口增加，導致供不應求的狀況出現。」

原來是這方面的問題啊。難怪他要讓拉蜜絲先離開呢。

熊會長屬於熊人魔這樣的種族……雖然這個情報也很重要，但現在先擱置一旁吧。唔～因為變成鐵打的身體，所以我好像也已經從這種慾望之中解放了。不過，我能明白這種問題的迫切性。

「另外，也會有健康衛生方面的問題。倘若有疾病蔓延開來，振興作業便會跟著停擺。然而，要是加強這方面的取締行為，又會引發其他問題。我明白這種要求有點強人所難，不過，你有沒有什麼因應對策呢，阿箱？」

還真的是個強人所難的要求耶。唔……唔～在相關疾病防治方面，我是有想到可行的方法啦。不過，因為我還不太了解這個世界，所以不知道是不是已經有類似的商品存在了呢。

先試著提供這種產品，再看看熊會長的反應如何吧。

這種東西屬於盒裝商品，所以還得另外追加相關功能呢。呃……選擇〈盒裝商品對應功能〉就可以了吧？唔唔，這樣一來，也能販售盒裝的零食或香菸了。但問題在於我完全沒抽過香菸，所以只能放棄賣菸嘍。

也追加商品，然後擺上架吧。

「哦，原來你是這樣替換商品的啊。唔，這個盒子是……它就是你的祕密武器嗎，阿箱？」

「歡迎光臨。」

「那麼，我就試著購買吧。有三種種類，我各買一盒好了。不過，一盒要十枚銀幣，實在不算便宜吶。」

這個東西在日本一盒賣一千圓，所以我是配合飲料設定它的售價。如果太貴的話，也可以考慮降價。

「要把盒子打開嗎？裡面是一些有切口的小袋子……？要再把這些袋子拆開，拿出裡頭的東西？」

「歡迎光臨。」

「唔，看來我的判斷沒有錯。但我的手不太方便做這麼細微的動作……對了，正好，就找她過來吧。雪莉，妳過來一下。」

在熊會長開口呼叫後，另一扇不是通往走廊的門被人打開，一名女性跟著現身。

倘若我現在有著人類的肉體，必定會發出「哇喔……」的讚嘆聲吧。

女性身上那襲晚禮服，有著直逼腰際的高衩設計。步行的時候，她一雙宛如陶瓷般柔滑修長的雙腿不斷若隱若現。禮服上半身是讓雙肩裸露在外的無袖設計，再加上胸前的深V剪裁，讓人忍不住將視線集中在雙峰之間那道深邃的山谷上。

就算說這名女子的身材曲線幾近完美，也不算誇張。感覺甚至會招來同性嫉妒的她，不只擁有曼妙的體型，外貌同樣也相當出眾。

一頭披垂在身後的烏黑秀髮，兩隻半睜的眼帶點睡意，但和淡紅色的水潤唇瓣相互襯托之後，卻形成一股強烈無比的性感氣質。

啊，這名女性想必是做那種生意的人物吧。她所散發出來的女性魅力足以讓我這麼斷言。

「哎呀，這位就是阿箱先生嗎？初次見面，我叫做雪莉。今天要受你關照了。」

她笑起來更性感了。如果我現在沒變成自動販賣機，八成會無法以雙眼直視她吧。在沙發上蹺著腿的坐姿，讓人覺得她是刻意選擇這種感覺好像會曝光的姿勢耶。

「這是阿箱這次特別提供的商品，但我的手很難拆開它，能麻煩妳代勞嗎？」

「當然嘍。這是為我們提供的商品對吧？是從這裡撕開嗎……哎呀，感覺是相當不可思議的材質呢。竟然能夠這樣伸縮自如，好有趣喲。」

我為何會有種違背道德倫常的感覺呢？

「有一面塗著黏滑的液體呢。這個東西的用途是……？」

「我壓根沒有頭緒吶。對了，盒子裡面好像還附了一張紙，妳一起看看吧。」

「那我來拜讀一下……啊，原來是這樣子呀。上頭的圖解十分簡單易懂，真是幫了大忙呢。」

拜託不要露出那麼妖豔的微笑啊。感覺自動販賣機都要短路了。

「喔，妳明白了嗎？所以，這個商品的用途究竟是？」

「先把這個東西套在恩客的那話兒上，再讓他們插入女性的私處。不同種類的盒子，好像是用來對應恩客們不同大小的尺寸。因為質地很薄，所以不會影響行為進行，也能夠預防疾病，是非常理想的商品呢。」

不愧是專家，她一眼就看穿保險套的功用了呢。感覺她不是在說恭維話，而是真的打從內心感到喜悅。

順帶一提，三個不同種類的盒子，分別代表了Ｓ、Ｍ和Ｌ的尺寸。我只能採購自己生前曾經買過的東西做為商品，要說這次三種不同大小的商品為何統統到齊——只能說是為了裝腔作勢、基於自尊心，又或是現實所迫，不過，身為男人，為了正式上場的那一天，應該都會自己買來試用過吧……會吧？

雪莉一一確認每種盒子代表的尺寸、內容物數量和售價。將這些情報抄寫完畢後，她輕輕點了點頭。

「請務必提供這項商品讓我們購買。倘若還有其他推薦的商品，能否也讓我看看呢？」

沒……沒辦法了。既然她都這麼說，我也只能把商品上架嘍。可……可是，我幾乎沒買過什麼情趣用品，所以也沒辦法提供太多相關物就是了。

之後，我們的商業洽談順利結束，雪莉小姐也踏著風姿綽約的腳步離開會長室。最後，她悄聲對我說的那句「如果你是人類的話，我就可以親自為你服務了呢，真是遺憾」，實在是太不妙了。

不過，之後和拉蜜絲會合時——

「咦，阿箱，你的身體有點熱耶。發生了什麼開心的事嗎？」

聽到她這麼說，我的心一下子冷了半截，還以為自己的保溫功能故障了呢。她的直覺太敏銳，其實也有好有壞。我今天第一次這麼覺得。

公共澡堂

「阿箱，那我們出發吧。」

吃過晚餐後，拉蜜絲朝佇立在獵人協會外頭的我這麼說。

對喔，今天是那個日子嘛。每隔三天，拉蜜絲就會在晚上前往某個地方，而且最近還都會帶我同行。

今天，她也輕輕鬆鬆地揹起我，然後踏著輕快的小跳步前往那個目的地。雖然原本就很少看到她不開心的樣子，但今天的拉蜜絲感覺心情特別好呢。

「哼～哼哼～因為今天工作得特別賣力，真想快點——」

「哎呀，拉蜜絲小妹和阿箱先生。前幾天受兩位關照了。」

這個嫵媚過頭的嗓音，想必是來自雪莉小姐吧。之前因為性產業衍生的問題，她委託我供應保險套這項產品，是負責管理特種行業的女性。

雪莉小姐是現在要去工作嗎？身上那襲跟之前同樣暴露的晚禮服看起來極度適合她，完全不會引人反感。

「雪莉小姐，妳現在要去上班嗎？」

「不。因為今天白天有點忙，我想去好好洗個澡呢。」

「這樣啊！那跟我一樣呢。我也正要去澡堂。」

沒錯，今天是去公共澡堂的日子。平日，拉蜜絲只會用濕毛巾來擦拭身體，但她每隔三天一定會去一次公共澡堂。在這樣的日子，她一整天心情都會很好。

雖然很喜歡泡澡，但因為費用不便宜，所以她就忍著三天才上一次澡堂的樣子。

「哎呀，原來是這樣。那我運氣真好呢，因為阿箱先生也在嘛。」

說著，雪莉小姐朝我瞄了一眼。連身為機械的我，感覺都要心跳加速啦。求求妳別這樣好嗎？

看到我同行讓她很開心，其實是有原因的。抵達公共澡堂之後，這個原因馬上就會揭曉……喔，已經到了嗎？在我們的行進方向，出現了一棟石造建築。

這棟建築物的規模，在清流之湖階層中僅次於獵人協會。雖然乍看之下像是學校的體育館，但其實它就是公共澡堂。

牆壁由石磚打造而成，曲線狀的屋頂則是木頭材質。外頭可見兩處入口。左邊是女用浴池、右邊是男用浴池，而不是男人們夢寐以求的混合浴池。

「好～終於到了～～衝啊～～～～」

興高采烈的拉蜜絲，不假思索地朝左邊的入口衝了過去——在揹著我的狀態下。

踏進入口之後，內部是鋪設著木質地板的空間，大家都會在這裡脫鞋入內。再往裡頭去，可以看見靠牆處有一個澡堂櫃台，後方坐著一個滿臉皺紋、身型矮小的老婆婆。

「要收五枚銀幣喔。」

「來，給妳五枚銀幣。」

拉蜜絲將銀幣遞給老婆婆之後，就把我放在地上，繼續朝建築物內部走去。這裡頭是更衣室，靠牆處有一整面提供客人放置行李或衣物的櫃子。而我為何能這麼冷靜地觀察環境，是因為我並非第一次造訪這裡。

一如往常地被安置在更衣室一角的我，大略觀察了一下周遭的環境。

這裡有著休息用的長椅，以及類似測量體重用的魔法道具，看起來就像個普通的公共澡堂。現在剛好是人比較少的時段，除了拉蜜絲和稍晚踏進來的雪莉小姐以外，沒有其他客人。

裡頭有一名似乎已經準備踏進浴場的女性。在沒有任何衣物蔽體的狀態下，她的裸體就這樣直接坦露在他人眼前。

那名女性是有著傲人上圍、豐潤腰肢和渾圓翹臀這種動人體態的——一頭熊。這個嘛，就算得以窺見女性的裸體，但對方是獸人的話，實在讓人開心不起來呢。

而且，這個世界的獸人，並非是單純生著野獸耳朵或尾巴的人類，而完全是一頭野獸的模樣。因此，就算看到他們的裸體，也只會湧現「我在動物園或電視上看過呢」這樣的感想。

剩下的另一名客人雖然是人類女性，但她是早晨時段的熟客那名老奶奶，所以我並沒有特別的感想。

「哇啊啊啊，雪莉小姐好美喔……真令人羨慕～」

「呵呵呵，謝謝妳。」

聽到她們的說話聲，我下意識地、不自覺地、沒有任何深刻用意地將視線移往兩人的所在處。

拉蜜絲用一隻手抵著胸前兩顆巨大的海灘球，下半身脫到只剩一條內褲。她用這種煽情的打扮彎下腰細細凝視著雪莉小姐。不對，那不是海灘球，而是她過於巨大的乳房啊。

完全被解放出來的雙峰，散發出極其驚人的破壞力。就算有男人目不轉睛地盯著看，恐怕也無法被譴責吧。感覺自己身為雄性的本能，正在大聲吶喊「移開視線是一種罪過」的主張呢。

而拉蜜絲視線所及之處，則是一絲不掛的雪莉小姐。為什麼呢？儘管她的身材完美又性感，我卻沒有亢奮的感覺。那是一種理想的美，足以讓人湧現彷彿在觀賞藝術作品的感覺。不會有下流的慾望萌生，只會為她的美而傾倒。

這種時候，我應該慶幸自己不是人類的肉體，還是為此感到懊惱呢？實在很難判斷耶。

「阿箱，可以賣我之前那些東西嗎？」

喔，拉蜜絲的聲音將我拉回現實了。對喔，這就是我待在這裡的理由嘛。

我將毛巾、大浴巾、肥皂、洗髮精和潤髮乳追加到販賣商品裡。以前，聽到拉蜜絲說要去公共澡堂時，我善解人意地把這些入浴用品上架。結果，她表示應該讓更多人使用這些東西，所以之後每次都會把我帶來更衣室放著。

我必須主張這只是巧合，並非是我刻意穿針引線的結果。沒錯，這只是偶然之下的產物，可不是我自願被安置在公共澡堂的更衣室。我必須強調這一部分。

「用這種液體洗頭之後，髮絲會變得相當柔順不打結，還會散發出令人難以置信的光澤呢。我的剛好快要用完了，要趁現在多買一些嗎……不過買太多的話又會很重……」

「這樣的話，等洗完澡，我帶阿箱一起到妳們店裡去吧～可以吧，阿箱？」

「歡迎光臨。」

對了，我還沒去過雪莉小姐的店，所以其實也相當感興趣呢。會像日本的花街那樣，充斥著五光十色的霓虹燈飾嗎？抑或有著和一般民宅差不多的外觀，所以乍看之下不會認出來，採用低調經營的方式？

「哎呀，這樣真是幫了我一個大忙呢。我剛好也想跟阿箱先生追加訂購店裡用的商品。」

看到全裸的她撩起髮絲，並以性感的嗓音這麼開口，我開始擔心體內的電路會不會短路了。

要是我有心臟，現在想必會陷入心跳聲急促到惱人的狀態吧。

「那麼，阿箱，我們要去洗澡了，你在這邊等一會兒喔。」
「期待您下一次的光臨。」
將肩膀以下的部位確實泡在熱水裡，讓身子徹底暖起來吧。不用在意我，慢慢來沒關係喔。真的不用在意我。好好將身體的每一處清洗乾淨，消除一整天的疲勞吧。
待她們走進浴場後，我便靜靜在原地等待時間流逝。在空無一人的這個空間，我什麼都不做，只是持續地等待。
時間差不多了。基本上應該都是這個時段。
「唉~累死了。」
「今天賺了不少呢，我們等一下去喝酒吧！」
「我要去、我要去~」
來了嗎！天色變暗之後，危險性也會跟著攀升，所以獵人們大致上都會在這個時間結束戶外活動，然後到這裡洗去身上的髒汙。
在目睹至高無上的美之後，無論再看到什麼，人們可能都覺得自己不會輕易被打動了。然而，實際上並非如此。比起近乎藝術的完美身體曲線，稍微有些瑕疵，或是整體不夠勻稱的體態，對我來說，才是讓人倍感親近、更貼近人性而有魅力。
而且，年輕就是本錢吶。不管多麼注重保養，吹彈可破的肌膚和肉體的美感，都僅屬於年輕時期的特權，是無法重新找回來的東西……我想起了以前友人大力主張過的這些話。這絕不是我個人的意見喔。

不過，唐突想起來的友人意見是什麼都不重要啦。從大門後方現身的是一群年輕獵人。雖然無法判斷年紀，但從說話語氣聽來，應該是年輕人吧。

踏進這裡的，是用雙腳步行的兩隻狐狸和兩隻狸貓。

啊，嗯。公共澡堂要變成動物園了。

這個聚落除了有很多人類以外，像熊會長那樣的獸人也不時可見。因為獸人各方面的體能都比人類來得優秀，所以在獵人之中也占有頗高的比例。再加上獸人偏好和相同種族的同伴集體行動，所以，像這樣一口氣出現一群獸人，也沒什麼不可思議。

這個嘛，現在，閉上雙眼或許更好享受吧。畢竟她們也還是有著年輕女性的嗓音啊。

「我最近掉毛掉得好嚴重喲～」

「應該只是因為妳到換毛期了吧？」

「是說，人家最近一直好想做呢。」

「因為發情期快到了呀。要是有不錯的雄性，記得介紹給我喔。」

這個嘛，完全無法享受耶。她們的發言也太直接了。

聽說，在女校這類沒有男人出沒的地方，女孩子都會將羞恥心完全拋諸腦後。不過，或許是野獸的本能也混雜其中了吧，她們實在豪放到讓人不敢恭維呢。

「喔，阿箱今天也在耶！我要買一下清洗毛皮的那個東西。」

「我也要、我也要。」

嗯，全身上下都生著毛的她們，是會大量採購洗髮精和潤髮乳的大戶，所以我也沒有意見就是了。

「用這個把毛皮洗得柔柔亮亮的話，其他雄性可不會悶不吭聲嘍。」

「雄性他們好像也很中意這種香味呢～之前，明明還沒到發情期，我男朋友卻朝人家撲過來呢～」

狸貓和狐狸們感情融洽地並肩朝浴場走去。這個嘛，雖然她們的胸部微微隆起，臀部看起來也跟人類女性的有點像，但並不會讓人覺得性感。雖然有些人可能會對這樣的對象產生性興奮，但我的道行還沒有那麼高。

不過，因為我是自動販賣機，所以就算對象是人類，女性的裸體也和我無關。然而、可是呢，生前也是個男人的我，還是殘留著些許「在這種狀況下，不好好享受就太可惜了」的想法。

沒錯。儘管身為一台自動販賣機，但可不能忘記自己男人的靈魂吶！

「呼～泡完澡之後，來喝點東西吧～」

「歡迎光臨。」

老奶奶，洗完熱水澡之後，我推薦來一瓶冰涼的果汁牛奶或咖啡牛奶喔。如果流了太多汗，可以喝運動飲料來補給水分。

「買這瓶顏色有點奇特的飲料好了。」

喔，妳選擇果汁牛奶嗎，真是內行人耶。泡完澡之後，果然還是要喝一瓶果汁牛奶或咖啡牛奶嘛。當然，容器還是玻璃瓶這種。在澡堂，這點可是不容妥協的呢。

至於蓋子的打開方式，有一張相當仔細的手繪圖解，就貼在自動販賣機的側面，所以萬無一失。順帶一提，那張圖解是出自拉蜜絲之手。她的畫風很有特色也很可愛，我還滿喜歡的。

「呼～～原本還覺得有點泡昏頭，但這冰涼的滋味滲透到身體的每一角了吶～」

「謝謝惠顧。期待您下一次的光臨。」

看到客人購買商品後欣喜的表情，是自動販賣機最能感到幸福的一瞬間呢……咦，我剛才是不是在思考別的事情啊？算了。

「呼啊啊啊啊～好清爽喔。」

「洗得很舒服呢。」

啊，在我做老奶奶的生意的時候，那兩人也洗完澡了呢。她們身上只裹著一條浴巾的模樣，感覺反而比全裸更色情。有這種想法的，一定不只我一個人吧。

感覺若隱若現、彷彿還差一點就能看到的狀態，更能挑動男人的慾望。嗯，我覺得很不錯喔。

「阿箱，我也要喝冰的飲料！今天喝咖啡色那種的吧。」

「那我也喝一樣的好了。」

她們將一隻手扠在腰間，另一隻手則是高舉起冰鎮過的咖啡牛奶仰頭喝下。看來，喝牛奶時要單手扠腰的動作，不只是全國，甚至還是異世界共通的文化。

剛泡完澡的火熱身軀，被來自我體內的白色液體滲透至內部——加上這樣的獨白，感覺就有點色情呢。

「噗哈啊啊啊啊！咕～～～哈～～超級好喝！」

拉蜜絲，看到妳這麼開心，我也很開心。但妳這樣活像個大叔呢。

「哈……呼～～這種冰涼的感覺好舒服呢～」

相較之下，扭著身子發出呻吟聲的雪莉小姐，則是性感到令人無法直視的程度。感覺光是這個動作，就足以讓思春期的年輕人招架不住了啊。大人才有的魅力和性感強烈過頭了。

在這兩人換衣服的時候，又來了好幾位向我買東西的客人。我一如往常地招呼過她們之後，換完衣服的拉蜜絲和雪莉小姐準備帶著我離開。

「我要把阿箱帶走了，還有人想買東西的話，請趁現在喔～」

聽到拉蜜絲這麼大喊，我隨即被從浴場衝出來的人，以及還在更衣的女性團團包圍，冷飲、洗髮精和毛巾類的商品跟著一口氣大量銷出。

「喂～不好意思，也能把阿箱借給男用浴池這邊嗎！」

某個男人的吶喊聲，從分隔男女浴池的牆壁後方傳來。聲音聽起來應該是守門人卡利歐斯吧。為了表示意願，我用最大音量的「歡迎光臨」回答他。

「那麼，你們到公共澡堂的門口把阿箱扛過去吧！」

「喔，我知道了。哥兒們，走吧。」

拉蜜絲將我搬到外頭之後，一群半裸不養眼的男人們已經在那裡等著了。之後，這群男人把我當成神轎般抬起，然後運往男用更衣室。

「要快點還給我喔！因為我還要去其他地方。」

「沒問題。我們會趕快買一買。」

在拉蜜絲的大聲要求後，卡利歐斯等人在更衣室裡頭將我放下。接著，眾多半裸或全裸的男人馬上群起將我包圍住，商品也陸陸續續銷售出去。

這裡的男人幾乎不會使用洗髮精和潤髮乳，都是一塊肥皂從頭洗到腳。所以，只有肥皂這項商品的庫存，以驚人的速度不斷減少。

另外，咖啡牛奶也相當受歡迎，洗完澡出來的男人幾乎人手一瓶呢。同時，他們同樣是用單手扠腰的方式享用，彷彿這已經成了這個世界的習慣一般。

待男性陣營買完東西後，幾個男人又一起將我扛到外頭。

「歡迎回來～」

「謝謝惠顧。」

這麼回應在原地等我的拉蜜絲之後，她朝我露出微笑。

「哎呀～你幫了大忙吶，阿箱。真希望每家都能有一台阿箱呢。」

「就是啊。」

聽到卡利歐斯這麼說，戈爾賽也重重點頭附和。話說回來，這兩個人總是形影不離耶。如果工作和私生活都一起行動，感覺應該會讓人喘不過氣啊。或許是因為他們倆很合得來吧。應該不是另外一種關係吧。不，再怎麼說，這未免也太……

「哎呀，卡利歐斯大哥、戈爾賽大哥。感謝兩位平日的光顧愛戴。」

看到帶著妖豔微笑向自己鞠躬的雪莉小姐，兩人有些尷尬地輕輕點頭致意。

呼，原來他們兩個是一般性取向嗎？看來，我日後可以繼續以平常心來對待他們了。

「嘿咻。雪莉小姐，讓妳久等了。可以出發嘍～」

「別在意。這段時間正好能讓泡得太熱的身子降溫呢。」

被拉蜜絲揹著前往雪莉小姐店裡的途中，卡利歐斯和戈爾賽一直跟在我們身後。當然，我不打算問「為什麼」這種不懂得察言觀色的問題。再說，現在天色已經轉暗，有他們倆同行的話，走夜路也會比較安心。

在一路平安的狀態下，雪莉小姐的店映入了我的視野。我原本以為店面會藏在從某個小巷子拐進去的隱密處，結果並非如此。它就位於人來人往的寬廣道路旁。

愈往前走，年輕男子和穿著暴露的女子也跟著增加，所以我也判斷距離目的地應該不遠了。不過，雪莉小姐的店實在好壯觀啊。

看起來像是數間平房連綿打造成的長屋呢。特地讓身穿鎧甲、體格壯碩的男子握著長矛守在外頭，一方面或許也是為了營造出某種魄力和安心感吧。

「那麼，拉蜜絲小妹、阿箱先生，請你們往這裡。」

語畢，雪莉小姐以眼神朝跟在我們後方的兩人示意，並點了點頭。結果他們害羞地搔了搔後腦杓。

之後，趁著拉蜜絲滿足地大啖高級點心時，雪莉小姐向我大量購買了店內用的保險套。在一段開心的閒聊時光之後，拉蜜絲帶著我踏上歸途。

「已經很晚了，今天就吃阿箱賣的餐點，然後睡覺吧。」

儘管擁有能夠揹起一台自動販賣機的怪力，拉蜜絲仍是一個可愛的女孩子。保險起見，自體發亮的同時，我也對周遭環境提高警覺。

「對了，你今天不要自己站在外面，來我的房間一起睡吧，阿箱？我身上今天有很棒的香味呢。如果你是人類的話，就能睡在同一張床上了。會不會很遺憾啊？」

聽到她打趣地這麼問，我不自覺地——

「太可惜了。」

「咦？阿箱，你剛才說什麼？」

把真心話說溜嘴了。得想辦法含糊帶過才行。

「如果中獎就能再來一瓶！」

「阿箱，你是在裝傻嗎？嗳、嗳，你剛才說了什麼啦？」

咕，她很罕見地追問起來了。她側臉的表情看起來樂在其中呢，八成是在調侃我吧。

「嗳、嗳，阿箱，我在問你耶～」

「期待您下一次的光臨。」

雖然是牛頭不對馬嘴的對話，拉蜜絲臉上卻始終帶著微笑。要是我有一張臉，或許也會浮現同樣的笑容吧。如果連這樣的互動，都能讓我感到幸福的話，當一台自動販賣機或許也不賴呢。

這晚，我發自內心這麼想。

抽獎遊戲

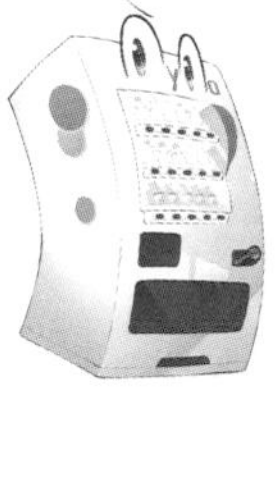

我又為自己追加了新功能。

其實我之前就很想要這個功能了，但因為日子一直很忙碌，不知不覺就拖到現在還沒入手。最近終於稍微空閒下來了，所以就下定決心兌換了這個功能。

「如果中獎就能再來一瓶！」

「好、很好……來吧、來吧，七、七、七……是六嗎啊啊啊啊～怎麼會這樣啊啊啊啊啊啊～」

「太可惜了。」

沒錯。我終於能讓這句台詞發揮它原本的功用了。我追加了抽獎遊戲的功能。只要湊齊三個數字的七，就能夠買一送一，每個人一定都曾懷抱過期待中獎的那種功能。

導入這項功能後，我的銷售額成長了將近三成。因為這個聚落裡的娛樂設施很少，儘管只是這種單純的吃角子老虎遊戲，卻還是吸引不少人沉迷其中。

另外，居民之間甚至開始盛傳「只要中獎，一整天都會幸運無比」這種誇大的謠言，所以，為了試手氣而過來買東西的人也愈來愈多。

我原本的目的，只是想讓大家的日常生活增添一點樂趣，然而，某位熟客沉迷的程度，卻遠遠超過我的想像。今天，他也砸錢買了一大堆商品。

「冷靜、我必須冷靜一點。這……這是最後一次了。根據至今為止的統計，水的中獎率比較高。所以，買水就是通往勝利的捷徑吶！」

我覺得這是因為你買水的次數壓倒性的多呢，老爺爺。

猛搔自己的一頭白髮，然後帶著一雙充血的眼睛，一邊粗聲喘氣，一邊聚精會神地按下自動販賣機按鈕的，是早晨時段的熟客三人組之一的老爺爺。他不說話的時候，一張臉看起來可是充滿男人味和威嚴呢，真是可惜。

過去，他多半是和老奶奶一起過來買東西。然而，在我實裝抽獎功能後，他總是選在沒有其他客人的一大清早上門，然後至少玩過六次吃角子老虎才會離開。

順帶一提，自動販賣機的抽獎遊戲，可以由設置自動販賣機的人來自由設定中獎率。民間還盛傳一種小常識，說是選擇比較少人購買的商品，中獎的可能性會比較高。

至於這個吃角子老虎系統，基於日本的獎品標示法，一般獎勵活動所提供的獎品有一定的限額，亦即預估銷售額的百分之二。

也就是說，如果某種商品銷出一百瓶，就可以提供兩瓶作為抽獎用的獎品。

總之呢，我想說的，就是「到頭來還是要看運氣」。無論如何都想抽中的話，用掃光某種商品的氣勢來貢獻金錢，就一定能抽到。啊，我的中獎機率是設定成百分之二呢。就日本來說，這可是相當佛心的機率。

「就看這一把……！我的賭博人生，就看這一把——」

「老伴，你在做什麼呀……」

老爺爺吃驚地轉過頭去，發現老奶奶正面帶笑容地站在自己身後，還高高舉起了手中的魔杖。果然還是被發現了嗎？畢竟老爺爺每天一大清早就溜出家門嘛，會變成這樣也很正常呢。

「真是的，我還以為你追著女人跑的過往惡習又犯了……唉，沒想到是另一種老毛病啊。」

「不……不是啦，老伴，不是的。我……我是想幫妳買那個熱湯……好痛！」

企圖辯解的同時，老爺爺的頭頂就狠狠吃了魔杖的一擊。感覺老奶奶的下手力道毫不留情耶，他不要緊吧？

「放心吧。就算被打得頭破血流，我也會把你治好。」

對了，這位老奶奶能夠使用加持能力的〈治癒之光〉嘛。那就可以放心了……可以嗎？

「真受不了。你是不是忘了今天是什麼日子呀？」

「我記得、我記得啦……再讓我抽最後一次……」

「老、伴。」

老奶奶將魔杖頭轉一轉之後拔起，裡頭竟然出現了閃耀著黯淡光芒的刀刃。咦，是內部還有機關設計的魔杖！看見老奶奶笑盈盈地舉起從魔杖裡抽出來的尖刀，老爺爺嚇得雙腿發軟。

這位老奶奶的優雅面容，讓人不難想像她年輕時必定是一位美女。一般情況下，倘若她再露出笑容，整張臉蛋看起來應該更有魅力才對。但現在為何讓人不寒而慄呢？

「住……住手啊，老伴！依妳的身手，可不是開玩笑的吶。我知道啦，是我錯了。」

「你知道錯了是嗎？好啦，那我們走吧。」

仍是一臉依依不捨的老爺爺，就在不斷回頭偷瞄我的狀態下，被老奶奶拖著離開了。以往感覺都是夫唱婦隨的這兩人，原來是老奶奶比較強勢啊。

今天的老爺爺，感覺比以往都更熱中於吃角子老虎呢。從老奶奶的語氣聽來，今天似乎有什麼重要的事情在等著他們。老爺爺是因為不想面對那件事情，所以才藉此逃避現實嗎？

如果能夠對話，我願意聽老爺爺發一下牢騷呢。可惜，自動販賣機能做的事情，只有販賣商品而已。

◆

我一邊思考著老爺爺的事，一邊一如往常地提供商品。不知不覺中，已經來到聚落被落日餘暉染紅的時段了。夕陽嗎……這個聚落明明位於迷宮內部，太陽卻理所當然地從東方升起，再從西方落下。已經不再覺得這是異常現象的我，或許也已經習慣這個異世界了吧。

拉蜜絲今天好像特別忙碌。我一整天都被安置在獵人協會的附近。

受到自動販賣機的商品啟發後，餐飲店和路邊攤的料理美味度都有所提昇——最近，這樣的消息我時有所聞。我也認為聚落能夠蓬勃發展是一樁美事，所以，在黃昏到夜晚這段期間，我會把食品類的商品暫時下架。

這個異世界的人似乎都很早睡，店家最晚也只營業到晚上十點。因此，在十點過後，我會再把杯麵、關東煮罐頭，還有最近採購的咖哩烏龍麵罐頭等熱食重新上架。

雖然也有把冷凍食品加熱後提供的模式，但這種模式會占去整台自動販賣機一半的空間。剩下的另一半，我很難決定要用來供應飲料，或是套用杯麵販賣功能呢。

「外公、外公，你肚子餓不餓？那個四方形的東西，就是裡面塞了很多食物的箱子吧？小梅現在不餓。可是，它的東西好吃嗎？」

我聽到來自小女孩的嗓音。那是兜個圈子在催促大人買給她嗎？「可不是自己想吃」這樣的主張，其實還挺可愛的。是個小大人嗎？

「喔，對啊。那外公來買個東西好了。小梅想吃什麼呢？」

嗯，這是那個熟客老爺爺的聲音吧？現在的他，帶著滿面笑容牽著一名少女走來，彷彿早上那些不開心的事從未發生過一般。在他身旁的，則是身為伴侶的老奶奶，以及一名看似二十來歲、綁著辮子、感覺很文靜的女性。

「幸好我有下定決心來見你們……對不起，我是個不孝的女兒。」

「對父母來說，最不孝的行為，是子女比自己早一步死去才對。不過，畢竟妳是我們到了一把年紀才生下來的孩子，所以我們確實有太寵妳了一點。」

她們若無其事地開始了很嚴肅的對話耶。身為外人的我，偷聽這樣的家族對話，是相當失禮的行為。雖然明白這一點，但我卻連堵住自己的耳朵都做不到。請妳們原諒我吧。

那位女性是老夫婦的女兒嗎？從外表看來，這對夫婦的年紀大概落在六十五到七十歲之間，如果他們的女兒實際上已經三十歲左右，這樣的年齡差倒也不會太奇怪。

「他呀，一直到最後都還死鴨子嘴硬呢。明明心裡也很掛念妳，真是個不坦率的人。」

「畢竟我是抱著被逐出家門的覺悟跟那個人私奔，所以這也是理所當然。而且對象又是讓爸爸很不滿意的人。現在，等到被對方拋棄了，又厚臉皮地跑回娘家……」

「不對喲，他是擔心妳們母女倆。再怎麼說，這個聚落都位在魔物四處亂竄的迷宮裡頭。而且最近又剛遭受魔物攻擊，所以防衛功能也減弱了。在這種關頭，妳卻單方面捎來一封要回娘家的書信，所以他一直操心得不得了呢。」

「是……這樣嗎？」

「對啊。也因為這樣，在妳離家之後就戒掉的賭博習慣，最近又開始發作嘍。」

語畢，老奶奶凝視著在我的前方挑選商品的老爺爺和孫女。

噢，所以，老爺爺最近才會不時來玩吃角子老虎，想研究攻略這個遊戲的方法嗎？為了即將到來的今天，就算只是謠傳也好，他懷著「溺水者連稻草都想抓」的心情，期盼能順利抽中讓自己幸運一整天的大獎。

「外公，這個數字是什麼？」

「噢，這個啊。如果跟它買了東西，數字就會開始轉。轉到三個一樣的數字，就可以買一送一喔。而且啊，如果中獎了，聽說那一整天都會很幸運吶。」

「咦，這樣啊！小梅也想試試看！小梅一定會中獎！」

少女舉起手，在原地拚命彈跳。老爺爺瞇起雙眼，以憐愛不已的眼神微笑看著孫女。我是第一次看見老爺爺露出如此溫柔的表情呢。

「那我們就來試試看吧。外公把硬幣投進去，妳來選擇自己想要的商品。對了，外公推薦這裡賣的水喔。」

「嗯，那小梅試試看！」

把柳橙汁改放到能讓這孩子按到按鈕的最下排好了。

少女努力踮起腳，按下了柳橙汁的按鈕。在柳橙汁掉到取物口的同時，吃角子老虎的數字也開始轉動。

「有兩個七了！再一個七就可以了吧！」

「接下來就很困難了吶。外公之前也曾湊齊兩個七啊。」

「七～七～七～七……七出現了！中獎了啊啊啊！」

「妳……妳說什麼！」

嘹亮的慶賀用喇叭音效響起，用以辨識冷熱食品的藍色和紅色燈光也開始交互閃爍。少女興高采烈地不斷跳躍，老爺爺則是愣在原地。

眼前的光景，想必令他難以置信吧。至今，不知道投注了多少金錢的老爺爺，也只有抽中過一次，但他的孫女卻試一次就中獎了。

「小梅，趕快再選一樣吧。不然買一送一的時間就要結束嘍。」

「那小梅要這個！」

少女選擇的，是放在柳橙汁旁邊的礦泉水瓶。

「來，這瓶是外公的！」

「要送給我啊？謝謝妳。不過，難得抽中能夠幸運一整天的效果，今天卻已經快要結束了吶。真是浪費。」

「咦，為什麼？今天能看到外公跟外婆，小梅一整天都很幸運啊！所以，一點都不會浪費喔！」

聽到這句話，老爺爺抬頭仰望被夕陽染紅的雲朵。我的身高足以完全看到他的臉。我發現。老爺爺的眼角有水滴在閃爍。

老爺爺、老奶奶，以及他們的女兒和孫女。並肩行走的四人，在地面拉出長長的影子。這四道影子幸福地互相重疊，然後搖曳著消失了。

至於小梅會中獎，究竟是不是巧合，我想應該也無須我多說了。

隱身的自動販賣機

在聚落因為振興計畫而顯得朝氣蓬勃的這個時期，熊會長突然前來委託我一件事。

「阿箱，聽說你能夠擬態，讓自己的身體完全融入周遭環境，這是真的嗎？」

「歡迎光臨。」

雖然不知道熊會長的企圖，但因為也沒有必要對他說謊，所以我老實地這麼回答。光是這樣的答案，或許還不足以證明吧。於是，目前被擺在獵人協會外頭的既定位置的我，便試著將自己的身體轉換成和協會外牆同樣的配色。

雖然我背對著牆壁，但因為有〈全方位視野確認〉功能，所以也能順利看到自己身後的景色。因此，我連牆上的汙漬和痕跡，都能正確地依樣畫葫蘆。

「哦哦～！這真是了不起。這樣的話，若是沒有相當靠近，應該無人能發現你的存在吶。阿箱，能請你驅使這樣的能力，接下我的一個委託嗎？」

根據熊會長的說法，在湧入大量的人口之後，聚落的某一帶化為犯罪行為猖獗的區域。而他的委託內容，就是讓我躲在那個區域，協助他們鎖定嫌疑犯。

為此，熊會長表示想徹底調查我能做到何種程度的擬態。在獵人協會旁邊，有一棟之前被蛇雙魔破壞殆盡的廢棄民宅。明天一整天，我都會偽裝成這棟廢墟的外牆，挑戰一整天都不要被其他人發現的任務。

我爽快地答應之後，熊會長便向拉蜜絲提出獵人協會明天要借用我一整天的要求。儘管有些不情願，但拉蜜絲還是答應了。

這天的深夜，為了進行事前準備，熊會長派人打掉廢墟外牆的部分，再把我搬過去，然後嵌進那個尺寸剛好的洞裡。接著，我便將身體轉換成和外牆相同的顏色，然後直到現在。

待在這裡，能夠清楚看到獵人協會門口的情況呢。光是跟平常不同角度的視野，就讓我覺得這樣的早晨新鮮不已。

早上的熟客三人組一如往常地現身了。但因為找不到我，所以又離開了。我今天有特殊任務在身呢，請多包涵啊。當作是賠罪，我之後把吃角子老虎的中獎機率調高一點吧。

平常，在他們回去後，就會換成拉蜜絲過來跟我道早安。但因為她事前便得知我今天不在，所以應該不會這麼做吧。

我原本是這麼想。但在下一刻，獵人協會的大門被人「碰」一聲猛力打開。從後方現身的是穿著睡衣的拉蜜絲。她身上是一襲長度直達膝蓋以下的長袖襯衫，但不知道是不是尺寸不合，領口的部分顯得過寬，讓她一邊的肩膀裸露在外。

腳上踏著動物毛皮拖鞋的她，將枕頭夾在腋下，睡眼惺忪地揉著眼睛。在新的旅館完工之前，她會借住在獵人協會的房間裡。到這裡我還能明白，但她為什麼會穿著睡衣衝出來啊？

「阿箱，你在哪裡～？」

她這麼喊道，然後半睜著眼茫然望向我平常會在的那個位置。

看來拉蜜絲完全睡昏頭了呢。她忘記我今天不在了嗎？

「阿——箱——你～在～哪～裡～？」

唉，不要半夢半醒地到處晃啦，會跌倒喔。妳看看妳，別穿著室內拖鞋走到外面。不可以用這種毫無防備的模樣走出來啦，快去換上像樣的衣服。唉～～～～這樣迷糊的她，光看就讓人擔心得要命耶。

「啊，拉蜜絲，妳要上哪兒去啦？會長不是說過了嗎，他今天要跟妳借用阿箱啊。」

已經換上圍裙的旅館千金姆納咪，試著揪住拉蜜絲的衣領，讓她停下動作。然而，完全無法和拉蜜絲的怪力相抗衡的她，就這樣被拖著走。

「嗚呃？啊，姆納咪，早安～」

「別這樣一臉慵懶地道早安了，快去洗把臉，讓自己清醒一下。」

「好～～那我走了～」

拉蜜絲精神抖擻地舉起揪著枕頭的那隻手，用力揮了幾下之後，才朝建築物內部走去。姆納咪露出苦笑，揮手向這樣的她道別。

「真是的……原本還覺得最近的她不像以前那麼神經緊繃，但現在反而變得太散漫了嗎？不過，還是比以前好太多了呢。或許都是阿箱的功勞吧。」

這麼自言自語之後，姆納咪也跟著踏進室內。

她說了令人頗在意的話耶。拉蜜絲一直都給人笑容滿面、活力百倍的印象，但遇到我之前的她，難道並不是這樣嗎？話說回來，第一次相遇時，她也整個人垂頭喪氣的呢。

不過，經歷蛙人魔王討伐戰的她，現在似乎對自己有自信多了。之後，不管是參與聚落振興計畫或是鍛鍊時，她看起來都樂在其中。儘管不清楚她的過去，但既然現在的她很幸福，這樣就足夠了吧。

「我回來了～我已經清醒嘍～早安！」

縫入鐵片的一雙手套、低腰短褲，以及就算待在聚落裡，也幾乎不會脫掉的皮甲。打扮一如往常的拉蜜絲，再次精神百倍地出現在協會入口。

雖然睡迷糊的樣子也不錯，但這種活力四射的模樣，感覺才像拉蜜絲嘛。我可以斷言，她最大的魅力，便是那張燦爛的笑容。

「好好好。早安，拉蜜絲。妳今天有什麼計畫？能像往常那樣幫忙旅館的興建作業嗎？」

「對不起～因為不知道阿箱什麼時候會回來，所以我今天想在獵人協會附近幫忙就好。」

「是嗎，那就沒辦法嘍。記得不要給熊會長添麻煩喲。」

面對輕輕揮手後，便前往旅館興建預定地的姆納咪，拉蜜絲用力揮手向她道別。

她今天要在協會附近幫忙嗎？我可得小心一點，不要被她發現了。

「好～去問問會長有什麼工作可做吧～」

「倒不用勞駕妳跑這一趟。」

「嗚哇！會長，你什麼時候……」

我也想問耶。他究竟是什麼時候出現的啊？擁有那麼龐大的身軀，竟然還能夠無聲無息地移動嗎？明明已經走到拉蜜絲的正後方，但在他開口之前，我也壓根沒察覺到呢。

「能夠完全消除自己的存在氣息，是相當有益的一件事。拉蜜絲，妳不妨也多鍛鍊這方面的能力。」

「自己的存在氣息啊～對喔，我的師父也說過這是必要的呢。」

這位拉蜜絲偶爾會提起的師父，不曉得是個什麼樣的人物呢。我只知道對方是一名能力高強的獵人，但連性別都無從問起。如果在那位師父底下多鍛鍊一些時日，拉蜜絲應該就能更得心應手地運用自己的怪力了吧。感覺很可惜耶。

「看來，妳的師父是一名良師吶。那麼，拉蜜絲。妳今天希望能負責獵人協會周邊的工作，是這樣沒錯吧？」

「嗯嗯。因為我希望能在阿箱回來時馬上去迎接它。」

真是個好女孩啊。我可以斷言，和拉蜜絲相識，是我來到這個異世界之後最幸運的事情了。倘若當初沒能遇見她，現在，我大概會因為點數耗盡，而成為佇立在湖畔旁的一個普通鐵箱了吧。

「唔，阿箱真是個幸福的人……不對，應該是幸福的箱子吶。」

熊會長，您所言甚是呢。我是世界上最幸福的自動販賣機了。

「那麼，這個嘛……再過一會兒，要借住在協會裡頭的居民的行李就會送過來了。妳能幫忙搬運行李嗎？」

「粗活就包在我身上吧！」

拉蜜絲帶著滿面笑容豎起自己的大拇指。

雖然不擅長要求精確度的工作，但換成粗活的話，拉蜜絲可不會輸給任何人。在旅館工作時，她曾經做出一口氣打破幾十枚盤子的驚人之舉。不過，搬運食材或是大型行李，對她來說完全是小事一樁。

「我很期待妳的表現。」

熊會長返回建築物內部後，拉蜜絲便在大門旁坐下，悠哉地左右搖晃身體。她似乎打算直接坐在外頭等的樣子。然而，她的視線不時望向某處，臉上還跟著浮現落寞的神情。

她直直凝視的地方，是我以往會出現的那個位置呢……拉蜜絲為什麼會變得這麼黏我啊？我突然湧現了這樣的疑問。

我跟拉蜜絲是在湖畔相遇的。當初，幾乎要餓死的她，因為向我購買商品而順利活了下來。為此，拉蜜絲似乎將我視為自己的救命恩人，所以也相當照顧我。儘管這很令人感激，但關於她有些過度在意我的態度，我至今仍不明白理由為何。

她會在將來的某一天主動告訴我理由嗎？因為我無法開口詢問，所以也只能等她自己說出來了。

「喔，到這裡應該就行了吧。小妹妹，我把貨物運過來了，能請妳叫裡頭的工作人員出來嗎？」

這輛滿載著貨物的推車，是由長角的山豬──烏納斯斯來拉車。這種名為烏納斯斯的動物，雖然食量很大，但擁有高度的耐力和怪力。身為山豬推車動力的牠們，在這個世界相當受到重視。

第一次目睹這種生物時，我原本還有點害怕，但最近開始覺得牠們其實挺可愛的呢。

「大叔，你等我一下喔。我去找工作人員過來～」

拉蜜絲衝進協會裡，然後又馬上衝了出來，懷裡還抱著一名體型嬌小的女性工作人員。

「那……那個，能請妳放我下來嗎？」

「抱歉、抱歉。」

感覺拉蜜絲今天格外亢奮耶。平常的她應該會更沉著一點啊。

被放下來之後，女性工作人員上前和那位大叔交談。一旁的拉蜜絲則是無所事事地閒晃起來。

「拉蜜絲小姐。能請妳把這台推車上的貨物搬到二樓左邊的房間外頭嗎？」

「好，交給我吧！」

拉蜜絲重重捶胸回答，但包覆在皮甲之下的雙峰並沒有跟著晃動。那種皮甲的材質是不是偏軟啊？總覺得有點在意呢。

看到拉蜜絲單手將推車上的大型衣櫃抬起，推車的車伕震驚不已，一雙眼睛也瞪大到眼珠子都快掉出來的程度。

「我再搬一張床過去好了。」

語畢，左肩扛著衣櫃、右肩扛著床板的拉蜜絲，便走進大門敞開的協會內部。因為協會入口的雙開式大門相當巨大，所以她可以順利通過。我原本還很擔心她會不會撞到旁邊的牆壁呢。

「哇哈～原來那個小妹妹這麼力大無窮啊，人真是不能光看外表吶。」

「是的，我想她可能是清流之湖力氣最大的人物了。會長也說她是個備受矚目的新人呢。」

光是聽著工作人員和車伕的對話，我的心就覺得暖洋洋的。聽到別人誇獎拉蜜絲，會讓我彷佛自己被誇獎那麼開心呢。

雖然熊會長從以前就很看好拉蜜絲的能力，但在其他獵人之間，她的評價實在算不上好。因為無法確實控制自己的怪力，拉蜜絲過去似乎經常把事情搞砸。

現在，揹著我到處走的她，因為身上多了一個恰到好處的重量，身體的動作便不會再像以前那麼不受控制。儘管她開心地這麼表示，但我還是無法理解是哪裡獲得改善了。

在我百感交集地回顧拉蜜絲的成長時，協會裡頭突然傳來一陣巨響，以及「咦……呀啊啊啊啊！」這種熟悉的慘叫聲。

看著女性工作人員慌慌張張衝進協會裡的背影，我不禁感嘆地開口：

「太可惜了。」

哇，應該沒有人聽到吧？我完全以旁觀者的心情悠哉眺望這一切，所以有點大意了。環顧四周，發現附近沒有其他人之後，我才鬆了一口氣。下次可不能再發出聲音了。

之後，我一直觀察著獵人協會的入口，但拉蜜絲和那名女性工作人員都沒有再次現身呢。除了幾個聚落居民疑似來這裡尋找自動販賣機，然後又遺憾地離去以外，沒有其他變化。

這麼說或許對沒能買到商品的客人很失禮，不過，這讓我實際感受到自己被許多人需要的事實，嘴角也不禁往上揚呢。喔，得注意別讓冷飲變熱才行。

「唉～～～～我又闖禍了。」

拉蜜絲嘆著氣穿過協會大門。她沮喪地垂著雙肩，腳步也很無力。

剛才那陣巨響果然是她引起的嗎？在日常生活中，這樣的怪力常會變成一種阻礙，讓她不慎破壞周遭的物品。

拉蜜絲也有自己的烹飪器材。印象中，還是特別訂做、採用材質比鐵更堅硬的礦物打造而成的東西。之前，她曾自豪地告訴我那是友人休爾米送的夢幻逸品，也是自己珍貴的寶物。

當下，將烹飪器材揣在懷中的拉蜜絲，臉上那個發自內心的燦爛笑容，讓我印象十分深刻。特別訂做的烹飪器材當然很珍貴，但我能感受到，在拉蜜絲心中，休爾米這位友人是格外有分量的存在。

將來預計會和她見面的我，現在就覺得期待不已了呢。不知道會是個什麼樣的人？如果跟拉蜜絲很合得來，說不定兩人也有著相似的個性吧。

身高稍微高一點、性格沉穩、充滿包容力、身材又好得沒話說的大姊姊角色如何？不，這裡頭可沒有我個人的期待喔。

「不能繼續幫忙搬行李了。現在要做什麼呢……我果然還是比較擅長清除瓦礫殘骸這種工作吧。」

嗯。沒錯。我深深這麼覺得呢。儘管拉蜜絲少根筋的行為在我眼中還算可愛，但她的怪力可是強大到無法一笑置之的程度。所以，要是沒有再生能力、身體又禁不起外力衝擊的人類，就有可能因她的怪力身受重傷。

啊！所以，跟我在一起的時候，她才能表現得那麼天真無邪嗎？因為自動販賣機的硬度遠高過人類的肉體，就算出現損傷，也能夠自行修復。對拉蜜絲來說，或許是個再理想不過的伙伴呢。

「去問問會長我可以幫忙哪裡的清理作業好了。」

拉蜜絲用力拍了拍自己的雙頰，重新振作精神後，再次衝進協會裡頭尋找熊會長。

「好～來清理對面的瓦礫吧！」

片刻後，拉蜜絲磅的一聲打開大門衝出來，直接跑到協會對面一間被蛇雙魔搗毀的民宅，開始清除那裡的斷垣殘壁。

她抱住已經化為廢墟的民宅裡頭的一根柱子，像是拔除雜草般，輕輕鬆鬆將其整根拔起。接著，她又把手伸到地基下方，不費吹灰之力地將它從地表拉起。

她的怪力還是一如往常地令人讚嘆呢。多虧拉蜜絲的這股力量，我才能好好享受異世界的生活。對於給予她這種能力的上天，我只能感謝再感謝。

拉蜜絲以如魚得水之勢，不斷將瓦礫堆放在手推車上。等到上頭的殘骸形成一座小山，再拉起手推車高速衝刺，朝瓦礫處理場直奔。

如此活躍的表現，恐怕連工程用重機都會甘拜下風吧。一反本人的性格而擅長破壞這點，實在很諷刺呢。

「哎呀，阿箱先生不在嗎？」

新的訪客出現了。踏著扭腰擺臀的步伐，彷彿是在刻意展現自己豐潤美臀的這名人物，是負責管理特種行業的雪莉小姐。

她仍是老樣子，全身上下都散發出性感魅力呢。如果有一名身材姣好的女性，穿著胸前深V剪裁、又開高衩直到腰際的小禮服走在路上，要不引人注目都很難。

聚落的男性們，都站在一段距離之外眺望著雪莉小姐的身影。也有不少男性刻意從她身後走過，帶著一臉好色的表情目不轉睛地盯著她看。

「唔喔喔喔喔喔喔喔喔……喔？咦，雪莉小姐～！」

在後方揚起一片沙塵而迅速逼近的，是拉著手推車猛衝的拉蜜絲。

「哎呀，拉蜜絲小妹。好久不見了呢。」

「雪莉小姐，妳還是一樣好迷人喔。我也好想變得更成熟一點～」

「呵呵呵。不用這麼焦急也沒關係的。妳一定會成為我完全比不上、風情萬種又成熟的女性喲。我可以保證。」

「真的嗎～啊哈哈哈哈。」

拉蜜絲害臊地用手搔了搔腦袋，雪莉小姐則是以溫柔無比的眼神望著她。雪莉小姐和拉蜜絲的個性幾乎完全相反，照理說應該不太合得來才對，但實際上卻不是這樣。她們倆都是平易近人、也不會以自身好惡來判斷他人的女性，所以交情似乎也很不錯。

「對了，等妳年紀再大一點，我就教妳一些不管是多麼嚴肅正經的對象，都能夠讓他馬上為自己神魂顛倒的技巧吧。」

「咦，真的嗎！不管多麼嚴肅正經的對象都行，這是真的嗎！」

看到拉蜜絲認真追問的態度，雪莉小姐露出慈祥的神情。前者意外買帳的反應，似乎讓她察覺到了什麼。是說，原來拉蜜絲喜歡生性認真的人嗎……好像有點意外，又好像可以理解。

「哎呀呀，難不成妳有在意的對象？」

「這、是、祕、密。不過，美人計對他會有用嗎……」

看到拉蜜絲紅著臉將雙手在胸前交握的模樣，我好像聽到自動販賣機內部傳來不尋常的聲響。

拉蜜絲竟然有喜歡的人嗎……爸爸可不允許！對我可愛的女兒出手的男人，必須處以灼熱的可樂和冰涼的拉麵罐頭之刑。

「不過，比起用美人計一決勝負，我覺得妳平常天真無邪的模樣更迷人喲，拉蜜絲小妹。」

「這……這樣啊。可是，我好想變成個性更穩重一些的成熟女性喔～」

「隨著年紀增長，每個人都會愈來愈穩重的。比起這個，把握年輕時期才有的魅力，我覺得是更重要的事情。像『談戀愛就是要見招拆招』這種想法，可以等到年紀大一點再說。妳就用自己的方式努力吧。」

「嗯，謝謝妳，雪莉小姐！」

因為很在意，所以我努力豎耳偷聽她們的對話。然而，雪莉小姐並沒有深究拉蜜絲的意中人是誰的問題，就這樣離開了。

不過，像雪莉小姐這種待人處事的態度，是經歷過很多的成熟大人才能表現出來的呢。不只是外表，她連內在的魅力都無從度量。因為經營特種行業，就在內心某處對她有著偏見的自己，實在讓我慚愧不已。

「她真的好迷人喔～如果穿上那樣的小禮服，我也會變得不一樣嗎……」

我試著想像拉蜜絲穿上那種暴露晚禮服的樣子。她有著不輸雪莉小姐的上圍，所以上半身應該沒問題。不過，與其說在裙襬之下若隱若現的那雙腿很性感，我覺得用「健康美」來形容會比較貼切耶。

老實說，我覺得這對拉蜜絲而言還太早了。而且，要是她真的穿成那樣，反而讓人擔心啊。

「大家都是為了找阿箱才過來的嗎～阿箱還真是受歡迎耶。」

拉蜜絲為什麼鼓起腮幫子了啊？雖然她好像還低聲說了些什麼，但因為音量太小，所以我完全聽不到。

拉蜜絲坐在民宅殘破的外牆上，輕輕擺動著雙腿。大概是有點累了吧，剛才還開心清理瓦礫的她，現在坐下來開始發呆。

「哎呀，沒看到那個魔法箱子耶。本小姐都特地過來買東西了……」

這個聽起來很囂張的少女嗓音，應該是希歐莉吧。這個小女孩將一頭褐色長髮紮成雙馬尾，身上則是和這個聚落有些格格不入的華美衣裳。在我的印象中，有著犀利眼神的她，幾乎永遠都是雙手抱胸、一臉不滿的表情，彷彿老是在生氣一樣。

嗯，這是我對過去的希歐莉的印象啦。最近不太一樣了。雖然嘴巴還是很壞，但她變得比過去坦率一些，喝柳橙汁的時候，也會露出像個孩子的笑容。

「唔～本小姐想喝阿洛瓦茲的果汁耶……真是的～阿箱這個笨蛋、笨蛋、笨蛋！」

無法按捺怒氣的希歐莉，不斷在原地奮力跺腳。今天，身穿黑衣的男子和女子依舊在遠處守護著她。擔任保鏢的這兩人，正從民宅陰影處和獵人協會二樓觀察著希歐莉的動向。

我從之前就在想……如果他們不是穿得一身黑，而是選擇和聚落居民做相同打扮的話，應該就不會這麼可疑了吧。那是他們的行動方針之類的嗎？

「喂，希歐莉妹妹，怎麼可以一直罵阿箱是笨蛋呢。嘿！」

拉蜜絲從牆壁上頭一躍而下，在希歐莉眼前華麗地著地。她們倆之間原本應該有著五公尺以上的距離呢，真是驚人的運動神經啊。

「哼，原來妳也在呀，咪咪妖怪小姐。」

「我之前應該跟妳說過了吧？我的名字叫做拉蜜絲～」

咦，這兩個人感情不好嗎？竟然都用死魚眼瞪著彼此呢。這是我第一次看到拉蜜絲和希歐莉碰面的光景，她們之前就認識了嗎？

「對了，咪咪蜜絲小姐，妳有認真考慮之前的提案嗎？」

「我叫拉蜜絲～不管妳掏出多少錢，我都不會把阿箱讓給妳的。」

「哎呀呀。只要點點頭，妳就能獲得跟兒孫三代一起揮霍浪費，也用之不竭的一筆鉅款喲？」

「阿箱可不是能用金錢換到的東西呢。而且，我之前也跟妳說過了，它並不是我的私人財產。」

怎麼，原來希歐莉想跟拉蜜絲收購我嗎？這樣的話，應該直接跟我交涉比較合理，不過……畢竟我無法跟她交談嘛。另外，在迷宮裡拾獲魔法道具的人，便具備該物品的擁有權。從這點看來，希歐莉採取的做法或許也算正確吧。

「我說妳呀，會不會把阿箱先生綁得太緊了？比起每天跟這種毫無姿色可言的小不點待在一起，在豪宅裡與本小姐共度優雅的時光，阿箱先生應該也會更開心才對。」

「毫無姿色……小不點……我覺得妳好像沒資格這樣說我耶？」

拉蜜絲刻意以雙手抱胸，撐起自己豐滿的上圍。看到她這麼做的瞬間，希歐莉露出了宛如惡鬼羅剎的表情。她以凶惡無比的眼神直盯拉蜜絲的雙峰，背後彷彿還跟著浮現「轟隆轟隆」的狀聲詞。

這一幕還真是令人意外耶。拉蜜絲竟然會跟這麼小的孩子認真起來。

「咕嗚嗚嗚嗚嗚～太不甘心了！不過，本小姐還在成長期！將來相當值得期待！本小姐的母親大人可比妳更加豐滿呢！」

希歐莉理直氣壯地如此斷言。雖說遺傳對身高有很大的影響，但跟胸部發育也有關嗎？因為我是男人，所以不曾在意過這種事呢。

「好可憐啊，希歐莉大小姐……」

嗚哇！嚇我一跳，原來有一名擔任保鏢的黑衣人在我附近啊。對方似乎沒發現我的存在，只是以手帕輕拭眼角，然後看著拉蜜絲和希歐莉交談的模樣。

「她還不知道，太太豐滿的上圍，其實是墊出來的呢……」

啊，嗯，是喔。因為也有突變或隔代遺傳的可能性，所以不要放棄喔。

不過，為什麼這個黑衣男子會知道希歐莉母親的胸部是墊出來的啊。感覺這件事比較有問題耶。

「算……算了，先不論這個問題。咪咪蜜絲小姐，能問妳一個問題嗎？」

「如果妳好好叫我的名字，我可以考慮回答妳。」

「咕，本小姐知道了……拉蜜絲小姐，阿箱應該不只是個普通的魔法道具吧？它到底有著什麼樣的構造？」

「唔～關於這點，我也不是很清楚呢。它聽得懂我們的語言，也能夠加以回應。說不定阿箱其實跟人類沒兩樣呢。」

原來拉蜜絲是這麼想的啊。她確實是用和對待其他人相同的方式在對待我，我還以為這只是因為她比較溫柔而已。

這樣啊……謝謝妳，拉蜜絲。來到異世界之後，這或許是最令我開心的一句話了。

「看來，妳不打算告訴本小姐是嗎？算了，無所謂。不管得耗費多少時間或金錢，本小姐都會努力攻陷阿箱。就讓它慢慢體會本小姐的好吧。這可是身為年輕資產家的特權呢。」

雖然拉蜜絲也很年輕，但畢竟比不上希歐莉呢。可是，無論她投注多少時間和金錢，我的想法想必也不會動搖吧。

現在，拉蜜絲的背後是最讓我安心的地方。倘若不是拉蜜絲主動離開我，這點我可不打算退讓。

「總～而～言～之～阿箱今天不在啦。快回去、快回去。」

「哼！本小姐會再擇日來訪。在這之前，阿箱就先寄放在妳身邊，麻煩妳把它擦得乾淨一點嘍。哦呵呵呵呵呵～」

拋下這句台詞後，希歐莉就離開了。拉蜜絲還對著她的背影輕輕揮手呢。剛才明明還在跟對方鬥嘴，現在嘴角卻微微上揚。

看樣子，拉蜜絲只是配合希歐莉玩了一下而已，並不是真的討厭她呢。

「調侃希歐莉妹妹真的很有趣耶～她最近好像變得圓融多了，之前原本更難相處呢。難道這也是阿箱的影響……唉～～阿箱還不回來嗎？」

現在是黃昏時分。因為拉蜜絲答應讓熊會長借用我到深夜，所以還有好一段時間。看到她落寞垂下頭來的模樣，總覺得好心疼喔。真希望現在能馬上給她一瓶熱奶茶。

「不知道阿箱在做什麼呢？」

拉蜜絲輕輕嘆了一口氣，然後仰頭望天。看著這樣她的側臉，感到坐立難安的我忍不住——

「謝謝惠顧。」

我解除擬態，然後道出一如往常的招呼語。

或許是聽到我的聲音了吧，拉蜜絲的表情豁然開朗起來。她四處張望，在發現我之後，以足以在身後揚起滿天沙塵的速度暴衝過來。

「阿箱，你在這裡多久了呀？」

把地面踩出凹陷腳印的她，在我面前停下腳步後，用手刀貫穿我身體兩側的牆壁，然後將我緊緊環抱住。這還真是豪爽的重逢方式耶，拉蜜絲。

雖然距離約定的時間早了點，但我無法繼續放她孤單一人。

「真是的，你早點出聲嘛。今天發生了好多事呢。你願意聽我說嗎，阿箱？」

當然嘍。雖然我完全知道今天發生過什麼事，但我也想聽妳親口說出來呢。所以，答案只有一個。

「歡迎光臨。」

綁架

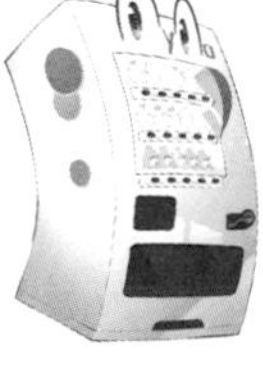

啊，各位好，我是自動販賣機。現在正在被華麗的運送途中。

被放上搖晃的山豬推車載貨台還沒關係，問題是，這裡是哪裡？

因為被安置在沒有布幔罩著的載貨台上，所以我能清楚看到周遭的風景。這片雜草長得又高又密的平原上，偶爾會有生著三支角、模樣看似野鹿的生物探出頭來。那似乎不是魔物，而比較偏野生動物類。我不清楚魔物和動物的區別為何，但這個世界中似乎存在著明確的定義。

至於其他能看到的東西，大概只剩下坐在車伕座位上的兩名男子了吧。他們有著看起來四十歲上下的年齡，以及一臉不會讓人特別有印象的長相。

然後，在這台推車的後方，還有另一台山豬推車跟著。那台推車的載貨台上坐著打扮看似獵人的六人集團。是費盡千辛萬苦才將我抬上載貨台的那群人。

雖然真～的為時已晚，但我果然應該更警戒一點才對呢。

一大清早，這幫人便在我面前一字排開，然後這麼表示：

「受獵人協會的會長委託，從今天開始，由我們負責外牆附近正式的修復和補強作業。會長還說希望你能暫時過去那邊做生意。」

那時候，我剛好在清算自己的能力和殘餘點數，並為了接下來該採購什麼新商品而煩惱不已。所以，爽快地以「歡迎光臨」回應後，我便陷入自己的沉思之中。

至今，因為某些原因而必須讓我移動時，熊會長通常會親自過來告訴我這件事，或是委託拉蜜絲轉達。不過，我當下只覺得「或許也有指派其他下屬過來告知的時候吧」，並沒有想太多。

在完全沒有起疑的狀態下，我就這樣被六名男子抬上推車的載貨台。這時候，我又犯下一個很大的錯誤。搭車的時候，如果窗外和煦的陽光打在自己身上，就會覺得昏昏欲睡對吧？雖然我現在不睡覺也無所謂，但基於身為人類時留下來的習慣，我偶爾還是會湧現睡意。

在輕輕搖晃的推車上，被車輪滾動聲譜成的搖籃曲籠罩的我，就這樣失去意識。

結果呢，現在就變成這個樣子了。這應該是我遭到綁架了吧？這些人的目標八成是我體內貯藏的金幣，又或是我本身的價值。

雖然壓根沒有生命受到威脅的感覺，但最令人傷腦筋的，就屬我無法自力行動這一點了。就算我能在這裡逃出他們的手掌心，也無法返回聚落裡頭。這個階層的面積相當遼闊，要是半路被他們扔下，我很有可能在無人發現的情況下，就這樣度過好幾個年頭。雖然點數應該會先耗盡就是了。

之前，我曾兌換了自動販賣機專用的監視攝影機功能，用來當作犯罪預防對策。總之，就先用這個功能，把犯人的長相一一記錄下來吧。透過這種方式記錄的影像，隨時都可以在我腦內重複播放出來，所以我絕不會忘記他們的模樣。

裡頭好像有兩張熟面孔。這兩人都是最近經常跟我買東西的客人。印象中，他們曾以格外感興趣的眼神打量我的商品呢。

另外……嗯？噢，這傢伙也在啊。「The小混混」古格伊爾正不懷好意地望著我笑呢。他還是老樣子，看起來活脫脫是個小嘍囉啊。

是這傢伙找來一群素行不良的人聯手，還是他們原本就是同伙呢？那麼，他們可能會在某處把我卸下來，然後整台分解吧。我記得，古格伊爾不知道我能起動〈結界〉的能力。除了拉蜜絲和凱利歐爾團長以外，我應該沒有施展給其他人看過。

這樣的話，就把〈結界〉當成最終王牌吧。可是，如果就這樣離聚落愈來愈遠，我被發現的可能性也會跟著降低呢。怎……怎麼辦啊？我開始有點焦急了。

好……好吧，為了冷靜下來，確認一下我現有的能力好了。

《自動販賣機　阿箱》

耐用度　100／100
堅硬度　10
力量　0
敏捷　0
命中率　0
魔力　0
PT　11346
〈功能〉保冷　保溫　全方位視野確認　注入熱水（杯麵對應模式）　兩公升瓶裝飲料對應模式　條狀糖果販賣機　變換機體顏色　盒裝商品對應　自動販賣機用監視攝影機
〈加持〉結界

身為一台自動販賣機，這樣的高性能或許值得自豪。不過，這些感覺都不是能讓我在異世界活躍的能力耶。

因為累積點數超過一萬點，讓我興奮到有點得意忘形，可說是導致這種現況最大的原因。然而，也並非只有負面的影響。有這麼大量的點數的話，我就能長時間起動〈結界〉，這或許算是不幸中的大幸了吧。而且，還能進行不少次的自我修復。

冷靜點、冷靜點。我還不至於馬上變成一堆廢鐵啦。起動〈結界〉一秒鐘必須消耗一點，所以，一分鐘就是六十點、一小時也只要三千六百……不，這下不妙了耶……

以為有一萬點點數，就能隨心所欲地揮霍。現在，我好想把過去那個得意忘形的自己的電源拔掉呢。

在思考這些事情的同時，我們也距離聚落愈來愈遙遠。在我醒過來之後，已經快要經過兩小時了。

「喂～暫時休息一下吧。」

跟我坐在同一台推車上的男子，從車伕座位上轉頭朝後方這麼喊道，然後停下山豬推車。坐在後方那台山豬推車上的人也陸陸續續下車，接著，這些傢伙走過來將我團團圍住。他們該不會以為我會乖乖供應食物吧？

「那麼，來吃飯吧。喂，阿箱。既然你擁有自我意志，應該可以理解現在的狀況吧？」

因為身邊還有其他同伙，「The小混混」的態度變得很囂張呢。他或許是想起那段屈辱的過往了吧，一邊露出邪惡的笑，一邊向我展示手中發亮的刀子。

「快點提供免費的食物和飲料給我們。要是反抗，會有什麼樣的下場，你這個鐵箱應該也明白吧～？」

「太可惜了。」

我不假思索地回答。雖然我也明白在這個關頭挑釁對方，會帶來什麼樣的結果，但我還是忍不住這麼開口。

一如預料，古格伊爾的臉一口氣充血漲紅。他的字典裡沒有「忍耐」一詞嗎？

「混蛋，看我拆了你！」

他用短劍刺向我的玻璃窗，但只是在表面造成輕微的刮痕。

《傷害值1。耐用度減少1。》

傷害值只有一啊。他比我想的還要弱耶。半蛙人的攻擊都比他強力多了。儘管古格伊爾不死心地又朝我攻擊好幾次，但到頭來，總共只造成五的傷害值。

「住手，古格伊爾。之前不是跟你說明過了嗎，雖然這傢伙內部的商品也是我們的目標，但他本身同樣有價值！不要沒有目的就傷害他。」

「是……是的。不好意思……嘖，你撿回一條命了吶。」

真是虛張聲勢用的完美台詞耶。阻止他的那個人，長得比周遭的同伙都要壯碩，感覺體型跟哥凱——之前那名女性貨幣兌換商的下屬差不多。

額頭上那道看似刀傷的明顯疤痕，讓他看起來更像個壞蛋。不知道是剃掉了，或是天生如此，這個人沒有頭髮和眉毛。要是少了濃密的鬍子，看起來可能會和守門人卡利歐斯十分神似呢。

「你也不想被弄壞吧？既然這樣，乖乖聽我們的話，才是比較聰明的做法喔。」

這個壯漢感覺比古格伊爾理智一點。的確，就算現在反抗他們，也不會有什麼好結果。假裝服從，然後趁機分析現況，才是正確的選擇吧。

「如果……期……（腦袋不太好）太可惜了。」

開玩笑的。為什麼我得遵從綁架自己的犯人的指示啊。要是拉蜜絲也在這裡，她想必同樣會拒絕吧。如果以後也想一直待在她身邊，我就得用不會讓自己引以為恥的態度活下去才行。

「你好像還不明白自己的立場啊。喂，古格伊爾。你說這傢伙能夠自行修復破損的地方是嗎？」

「是，沒錯。參加討伐戰時，它的身體原本應該有多處凹陷，但後來又完全恢復原狀了。」

「是嗎，那你們就讓這傢伙用自己的身體好好了解吧。記得控制在不會把它弄壞的程度。」

如果我有痛覺的話，這樣的情境感覺還讓人挺害怕的，不過……一群壯漢圍繞著自動販賣機出言恐嚇……這是什麼高難度搞笑嗎？

明明對我一無所知，卻想透過恣意傷害我的方式讓我乖乖聽話，這種想法實在太膚淺了。他們八成沒有自己正在對一個鐵箱做蠢事的自覺吧。

「想道歉的話就趁現在喔。既然老大都批准了，我可不會手下留情。你做好覺悟吧。」

老大啊。所以，那傢伙是首領，而其他人都是他的手下嗎？嗯，在得知這件事之後，雖然能用冷靜的態度分析現況，但我還是無法將這個情報傳達出去。

《傷害值3。耐用度減少3。》

《傷害值2。耐用度減少2。》

他們真的毫不留情地用手上的武器毆打我耶。要是一直這樣單方面挨打，我之後一定會壞掉。可是，我希望能把〈結界〉這個能力保留到最後一刻。要是現在進行自我修復，他們一定又會趁勢加強攻擊。該怎麼做……在自己徹底被破壞之前，一直悶不吭聲地忍耐，讓對方陷入焦躁的情緒，似乎才是正確的做法。不過……這樣的話，我會很不甘心呢。

我沒有能兌換其他加持能力的充足點數。現有功能中也沒有值得一試的。還有沒有其他做得到的事情啊？耐用度持續減少著，而我也沒有反擊的方法。如果堅硬度再高一點的話，或許就能夠維持毫髮無傷的狀態了呢。

《是否要消費1000點讓堅硬度提昇10？》

咦！在我檢視堅硬度的時候，突然有這樣的文字浮現了。咦，我可以利用點數來強化自身的能力數值嗎？

雖然一千點算是一大筆支出，但提昇堅硬度的話，就能降低現在受到的傷害值了。有一試的價值呢。那就來提昇看看吧。

《堅硬度增加為20。》

雖然沒什麼實際的感覺，但我想必變得更堅硬了吧。就算不情願，接下來也馬上就有驗證的機會。

《傷害值0。耐用度減少0。》

好！順利把傷害值歸零了。這樣一來，如果讓耐用度維持在已經減少的狀態，我體表的傷痕便會一直存在，這些傢伙也會以為自己的攻擊有效吧。

在他們累垮之前，我就靜靜地看戲吧。

綁架犯

我無視眼前這些因為持續毆打我而氣喘吁吁的傢伙，確認自己的能力數值。

如果能讓堅硬度增加的話，其他能力是不是也可以啊？首先來看耐用度吧。

《是否要消費１００００點讓耐用度提昇１０？》

耐用度也能提昇嗎？可是，和所需點數相較之下，感覺提昇的比例很低耶。如果能讓耐用度增加一百的話，我就會毫不猶豫地選擇提昇了。其他能力又如何呢？

《是否要消費１００００點讓力量提昇１０？》

《是否要消費１０００００點讓敏捷提昇１０？》

《是否要消費１０００００點讓命中率提昇１０？》

竟然多一個零……因為力量、敏捷和命中率都不是自動販賣機需要的能力，所以我也沒有提昇它們的意思就是了，不過，這未免太貴了吧？

力量和敏捷增加的話，我能不能透過搖晃自動販賣機機體的方式來行走啊？如果可以的話，感覺會變得很有趣耶。

魔法就沒辦法提昇了嗎？看來無法讓魔法自動販賣機爆炸性登場了，真遺憾。

「我說你們，到此為止吧。」

「是！」

啊，結束了嗎？在耐用度減少三十左右的時候，我才提昇了堅硬度，所以外觀看起來還滿慘不忍睹的。

「喂，這傢伙沒有復原耶。」

「怎……怎麼會……之前它真的有復原，我用這雙眼睛確實看到了！喂……喂，你這混蛋，快讓自己的損傷復原啊！」

我拒絕。我要這樣繼續假裝故障下去。我可壓根不打算提供飲料給這些……啊，不，我改變心意了，就給你們一些飲料吧。

「古格伊爾。要是這東西壞掉了，你知道自己會有什麼下場吧？」

「是……是！喂……喂，混蛋箱子，快點修復自己的損傷啦！反正你八成是假裝不會動了而已吧！」

他很緊張、超級緊張呢。哎呀，放心啦。雖然我不打算修復自己的損傷，但會提供飲料給你們喔。

「老……老大！有商品掉下來了！看……看吧，它沒故障嘛！」

我依照綁架犯的人數將飲料落下，他們也喜孜孜地將手伸進取物口。快感謝這個菩薩心腸的我吧。

「是嗎，算了。總之，隨便給我一瓶吧。」

所有人都拿到飲料了。因為對我施暴而搞得滿身大汗的他們，幾乎同時扭開了瓶蓋，直接灌下一大口飲料。

「噗～～～～！」

「咳咳、咳咳！這……這啥啊！」

「根本難喝死啦！」

如何？這就是榮登我的超難喝排行榜前十名的果汁喔。一看到自動販賣機出現新商品，就會毫不猶豫掏錢購買的我，有押對寶的時候，當然也有押錯寶的時候。

難喝到令人難以置信、甚至會懷疑開發者味覺是否有問題的飲料，其實為數還不少。輕微一點的話，大概有把適合沾著美乃滋食用的蔬菜拿去和汽水混合而成，或是把氣味很強烈、多半用於日本料理中的香辛料和汽水調和……這兩款商品還都是來自同一家飲料製造商呢。

其他還有很多超出常理的組合，讓人不禁感嘆飲料界的深不可測。

「這傢伙是不是真的壞掉啦？」

「算了。等回到據點之後，再決定要怎麼做。萬一它真的壞了，可別以為你能全身而退啊，古格伊爾。」

「是……是……」

被老大一瞪，古格伊爾嚇得臉色發白，感覺幾乎要昏過去了。但我一點都不同情他，所以也無所謂啦。畢竟，就是因為這傢伙的教唆，事情才會變成這樣。

要是繼續被他們毆打下去，我可能真的會壞掉。不過，在這之後，他們對待我的態度變得分外謹慎。讓這些人的暴行告一段落是很好，但到頭來，事態完全沒有好轉。

抵達這些人的據點之後，又該怎麼做才好？我完全想不到可用的對策呢。只能隨機應變了嗎？情況真的不妙的時候，就起動〈結界〉來抵抗吧。

◆

之後，這些人沒再找我麻煩，也沒有向我購買商品。就這樣過了兩小時左右，我們抵達了目的地。

進入森林後，在比獸徑稍微好走一點的碎石路上前進片刻，便能瞥見一棟建築物不太自然地座落在這片綠意之中。那是一座外牆被打穿好幾個大洞、四處風化毀損、感覺隨時都會倒塌的城寨。跟獵人協會相比，這座城寨的規模可算是相當小。儘管如此，它想必曾經是一座壯觀又堅固的城寨吧。

這座城寨似乎已經被棄置很久了。外牆上爬滿了藤蔓，感覺是個相當適合進行廢墟探險的地點。

「你們幾個，把它搬到裡頭去，直接丟給那傢伙調查。」

「我明白了。不過，那傢伙恐怕不會照我們說的話去做吶。」

「要是這樣，你就等著人頭落地吧。」

「噫！我……我明白了！」

看來，可以把「The小混混」降級成「The跑腿小弟」了。不過，這些人口中的「那傢伙」又是誰啊？是同伙嗎？可是，他們之間聽起來沒有信賴關係的樣子耶。

手下們先讓身為自動販賣機的我橫躺下來，然後再六個人一口氣將我扛起。需要六名壯漢才能勉強能扛起的重量，拉蜜絲卻能易如反掌地揹在身後，她果然是個超出常人的存在呢——被這些人扛著走的時候，我不禁這麼想。

城寨入口的這扇雙開式大門，感覺只要施以強烈衝擊，固定用的合葉就會應聲脫落。穿過這扇門，踏入破爛的城寨之後，裡面比我想得更要乾淨整潔。看起來像是大廳的場所，擺放著幾組充滿手製風味的長桌和椅子。

靠牆的那張大型沙發看起來很舊，但質感似乎還不錯。或許是因為打掃得很勤快吧，地面幾乎沒有半點灰塵。雖然生得一張活像深海大章魚的猙獰面容，但這幫人的老大其實很愛乾淨嗎？

穿越大廳之後，我以為他們要扛著我走上樓梯，結果卻是往大廳右側的某扇鐵門走去。門板伴隨著金屬摩擦聲被打開後，可見一道通往地下室的昏暗階梯。

我像是神轎般被抬著往下。繼續朝深處走，可以看見兩名身穿金屬鎧甲的男子。他們似乎負責看守身後這扇裝設了門閂的大門。這簡直像是裡頭關著凶惡罪犯的警戒狀態耶。

「那傢伙有安分地待著嗎？」

「給她一個魔法道具之後，她就突然安分下來，然後開始研究那玩意兒了。」

「這女人還真是莫名其妙。總之，把這東西也交給她的話，她應該就不會暴動了吧。」

儘管我努力偷聽這些壞人的對話，但卻愈聽愈無法想像。待在這扇門後頭的，究竟是什麼樣的人物？

卸下門閂後，在開門的同時，兩名看守者還緊握手中的長矛高度戒備。被關在裡頭的，難不成是喜歡魔法道具的野獸之類的嗎？

「喂，我們把妳應該會喜歡的玩具拿來了。分析它一下。如果壞了，就試著讓它復原吧。」

「啊啊？混蛋，語氣很囂張嘛？你以為自己在跟誰說話啊？連糞土都不如的你們，少自以為是地命令別人啦！」

一個威震八方的嗓音在房內響起。「The跑腿小弟」似乎被這句話徹底滅了威風。他完全無法出言反擊，甚至不敢看對方一眼，只是默默將我在房間一角放下。

「這……這是這傢伙的資料，妳可要好好讀過。」

「哈！你的媽咪沒教你說話時要看著對方的眼睛嗎？還是說，你在害怕老娘這種楚楚可憐的弱女子啊～～？」

我不禁細細觀察起這名說話語氣像流氓般魄力十足的女子。身為女性，她有著十分高挑的身材。幾乎和我一樣高，或是只比我矮一點而已。

一頭奶茶色的長髮被她紮在腦後。不過，本人似乎只是因為嫌麻煩，才把頭髮綁起來的樣子，有好幾撮頭髮都因為沒綁好而垂下。

她瞇起一雙細長的眼睛，以懷疑的眼神瞪著我看。接著，有著兩片淡粉色唇瓣的她不屑地咂嘴，只差沒朝地上吐口水了。

女子身上那件貼身的服裝，遍布著褐色和黑色斑點，但原本的布料似乎是白色的。至於套在外頭的黑色大衣，仔細看的話，可以發現它是把白袍染黑之後的產物。這襲前方敞開的大衣、再加上裡頭貼身的服裝，讓她的體型一覽無遺。

她的胸前平坦到讓人不禁想再次確認，幾乎完全不見隆起的弧度。

唔，身材高挑、表情凶狠、再加上平胸，跟拉蜜絲完全相反呢。

「啊～！那些傢伙，丟下這個東西就跑掉了啊。只有逃跑的速度比人強吶。所以，這是什麼玩意兒啊？他還說有資料之類的……」

女子一臉厭煩地撿起地上的一疊紙張，並開始閱讀。動輒烙狠話的這名女子，感覺屬於不要扯上關係為妙的族群呢。我還是繼續佯裝成一個無害的鐵塊好了。

「喔？上頭說你是擁有自我意志的魔法道具耶。這是真的嗎？」

原來資料裡頭還記載了這種事啊。那麼，繼續裝傻可能也會被拆穿。雖然說話很粗魯，但她看起來跟那票綁架犯關係並不好，而且俗話也說「敵人的敵人就是朋友」……嗯～該怎麼回應才好呢？

「啊～你該不會以為老娘跟那些傢伙是一伙的，所以有所提防吧？老娘也是被那些傢伙綁架、然後關在這裡的被害人呢。雖然這副模樣，但老娘好歹也是個小有名氣的魔法道具技師喔。他們大概是為了好好研究你，才會把老娘綁架過來吧。」

如果這名女子所言屬實，那她就是因為我才會陷入這種處境呢。要是繼續佯裝成一台普通的自動販賣機，感覺就太卑鄙了。

「歡迎光臨。」

「喔，你真的會說話嗎！唔喔喔喔！能理解人類語言，還會主動出聲回應的魔法道具，老娘還是第一次見識到耶。被抓到這裡來，好像也不完全是壞事吶。」

女子一雙細長的眼睛瞪得老大。一反剛才那種懶洋洋的態度，她異常興奮地靠近我，將我從頭到腳仔細觀察。

「能問你幾個問題嗎？」

「歡迎光臨。」

「資料上寫說這是『是』的意思啊。那麼，要問的……喔，抱歉，先報上自己的名字，才是應有的禮數嘛。老娘叫做休爾米。」

咦，我對這個名字有印象！沒想到，我竟然會在這種地方，比拉蜜絲還早一步遇見她呢。身為拉蜜絲的友人，同時也是她一直想讓我見上一面的魔法道具技師，就是眼前這名女子嗎？

魔法道具技師休爾米

「老娘大概把資料看過一次了。你可以用『歡迎光臨』和『太可惜了』和他人溝通，這是真的嗎？」

「歡迎光臨。」

「原來如此。擁有和人類同等智能的魔法道具，老娘過去從來沒聽說過。不過，能夠理解人類語言、而且也會說話的戰鬥裝備，其實並不算罕見。這點你知道嗎？」

「太可惜了。」

像這樣進行說明的時候，她會給人一種知性的感覺，語氣也變得比較溫和了呢。

「很多書籍都有相關記載喔。這種裝備似乎也被稱作『擁有人智的武器』。不過，好像只有使用者或特定人物能聽到它們的聲音。所以，就算主張它們會說話，也只會被周遭的人以為自己陷入妄想而在胡說八道。而且，這種擁有人智的武器，至今仍無人知曉是誰打造出來的。這也是讓相關傳說失去可信度的重要因素之一。」

對了，我也曾在遊戲或小說裡頭數度看過這種設定的武器呢。原來，這個異世界也有著相同

的裝備啊。

「老娘好歹也是個魔法道具技師，所以，為了讓魔法道具擁有人智，過去也曾做過無數次相關的實驗……但結論是，目前的技術能力無法達到這樣的結果。於是，老娘換了個想法。或許，它們並非是出自於人手的人工生命體，而是有人類靈魂寄宿其中的物品？」

這個人竟然能獨力導出這樣的結論啊。如果是她的話，或許能察覺我的真實身分呢。我暗自懷抱著這樣的期待，專心繼續和她對話。

「從過去，這個世界就存在著以魔法或加持能力來封印人類靈魂的做法。基本上，大概是讓死者的靈魂暫時附身在自己身上，或是透過控制死屍的邪惡術法，讓某人的靈魂暫時寄宿在屍體上，然後藉此操控死者。嗯……噢，抱歉，老娘喝點水……」

她拿起一個生鏽的廉價水壺，將裡頭的水注入杯子。不要喝那種東西啦，我請妳吧。哪種飲料比較好呢？就選近似於她的髮色的熱奶茶吧。這裡是氣溫感覺比較寒冷的地下室，喝點熱飲應該不錯。

「嗯，什麼聲音？呃，這是你的商品之一？可以拿嗎？」

「歡迎光臨。」

「是嗎，不好意思啊。那老娘就不客氣了……嗯，咕哈～～疲憊的大腦最需要來點糖分啦。再加上這種恰到好處的溫熱，你還挺有兩下子的嘛。」

喔，表情放鬆下來之後，她簡直判若兩人呢。笑容看起來就像個天真又單純的少女。

「感覺重生了吶，謝嘍。然後，上頭說你的名字叫阿箱，這個沒錯吧？」

「歡迎光臨。」

「那麼，阿箱。你難不成是有著人類靈魂寄宿其中的魔法道具？」

沒想到我也有聽到這種問題的一天啊。儘管無法和拉蜜絲一來一往地對話，但光是像她這樣能跟自己心靈相通的人出現，我就已經感到相當幸運了，沒想到現在竟然還有人理解了我的處境。

「歡迎光臨。」

我帶著通體舒暢的心情，以較大的音量出聲回應她。

「果然是這樣嗎！老娘的觀察力和推理能力也真是不容小覷啊！喔～是嗎是嗎？請多指教啦，阿箱。」

「謝謝惠顧。」

真的好開心啊。發現這一點的人剛好是拉蜜絲的摯友，這還真是奇妙的緣分呢。而且，會跟我變得熟稔的人，基本上盡是一些好人呢。我原本以為只是偶然，但如果這是拉蜜絲的個人魅力所招來的結果，那或許就是一種必然了。

「老娘現在會參考這份資料裡的情報，然後說出自己的推論。如果有錯，你儘管出聲指正吧。首先，你是擁有主人的魔法道具。」

「太可惜了。」

我這台自動販賣機不存在持有者呢。真要說的話，或許是老天爺吧。

「喔，你沒有主人啊。那麼，你有身為人類時的記憶嗎？」

「歡迎光臨。」

「這樣啊。哦～原來如此。那麼，老娘最大的疑問，在於你似乎從未補充過庫存，卻能源源不絕地提供商品這點。老娘判斷這是一種空間轉移魔法，或是類似的能力。你是從放在另一個空間的貯藏庫把商品調度過來。正確嗎？」

就某方面來說算正確，但又好像不是正確答案呢。畢竟，連我自己都完全搞不清楚這個機制啊。

「歡迎光臨。太可惜了。」

「這是老娘的推理並非完全錯誤的意思嗎？那麼，是不是跟商品的金額有關？既然沒有主人，身為魔法道具的你就算賺取到錢財，也無法花用。倘若目的只是在於將商品銷售出去，你大可把售價設定得便宜一些。可是，目前的售價卻都是偏高的數字。也就是說，對你而言，金錢具備相當重要的功能。」

「歡迎光臨。歡迎光臨。」

休爾米太強了吧。拉蜜絲是憑藉自己善良的天性和直覺來判斷事物，她則是能夠從少量的情報中導出正確的答案。

「這是老娘完全答對的意思嗎？雖然不知道是透過什麼方式，總之，你是用賺來的金錢在補充商品，是吧？」

「歡迎光臨。」

「那麼，補充商品需要很多錢嘍？」

「太可惜了。」

如果只是要補充商品的話，就算把售價設定成現在的十分之一，我也能夠回本。可是，因為其他功能、加持能力和維持本體的生命，都需要消耗點數嘛。

「不對嗎？那應該沒有必要把售價調得這麼高……你有其他消耗金錢的需求嗎？」

「歡迎光臨。」

關於這點，直接展示給她看可能會比較好吧。我選擇最方便理解的外型轉換功能，讓自己變身成糖果販賣模式的機體。

「喔喔喔喔！怎麼？為什麼發光……喂喂，你變得完全不一樣了耶。」

套用糖果販賣模式而變成圓柱狀的外型後，休爾米上前不停觸摸我的機體。要是我有觸感知覺，可能就會陷入微妙的心情之中了呢。

「這塊透明的部分看似玻璃，但好像又不是？真令人感興趣吶。從這裡投入硬幣的話，就能拿到裡頭的商品了嗎？而且，能看見商品本體，也會有提昇購買意願的效果……太厲害啦！」

她的感想相當精闢呢。眼光完全不同於這個異世界的其他人。

「喔，抱歉。因為太興奮，結果有點離題了。所以，你能透過自己賺來的金錢，讓體型產生這樣的變化……不對，應該是連本體的功能都一併轉換了？」

「歡迎光臨。」

聽到休爾米猜對正確答案，我落下一條糖果給她。之後記得吃喔。

「喔，謝啦，那老娘就收下了。」

確認休爾米拿走糖果之後，我將外型恢復成原本的自動販賣機。雖然不討厭糖果販賣模式，但總覺得有種讓人靜不下心的感覺。

「另外，老娘還想知道的是……那個啊，除了改變機型和更換商品以外，你還做得到其他事情嗎？」

「歡迎光臨。」

我還有〈結界〉這種加持能力呢。既然是拉蜜絲的友人，告訴她應該也無所謂吧。

「哦～所以你還有其他祕密嘍。能讓老娘看看嗎？」

「歡迎光臨。」

「真令人期待吶。那就請你秀一下啦。」

是可以啦，但妳距離我太近了。如果現在起動〈結界〉，可會把休爾米彈飛呢。該怎麼讓她離我遠一點啊？總之，我試著在心中對她吶喊「妳退後一點~退後一點」這樣。

「嗯？你不願意讓老娘見識一下嗎？啊，抱歉，難道是危險的能力？那老娘稍微離開一點……這樣如何？」

「歡迎光臨。」

這應該不是我們有心電感應，而是休爾米的觀察力入微的結果。

她已經拉開一段距離了，這樣就不要緊了吧。雖然附近還有張小桌子，但桌面上沒放東西，所以應該也沒問題。

那麼，我要起動〈結界〉嘍。

我的周遭出現淡藍色的光芒。半透明的藍色牆壁在半徑一公尺處現形，將我圍繞起來。

「喔！這是什麼？旁邊那張桌子被彈開了吶。所以，這是類似防禦壁之類的東西？可以用手碰嗎？」

「歡迎光臨。」

因為這個基本上只是超級堅硬的牆壁，所以用手碰也完全不會有問題。

休爾米大膽地用手指戳了戳〈結界〉，又把掌心貼在上頭確認觸感。接著，她還將手指探入裝著水的杯子裡，再用手朝〈結界〉表面甩幾滴水，興致盎然地觀察〈結界〉將水滴彈開的過程。

「從觸感來判斷的話，感覺是很堅固的牆壁吶。硬度好像也不低。」

看著休爾米不停觸摸〈結界〉的模樣，我突然萌生了惡作劇的念頭。來嚇嚇她好了。

我准許休爾米進入自己的〈結界〉。

「真想試試它能承受何種程度的衝擊——嗚呃？呀啊啊啊！」

以雙手用力按壓〈結界〉外牆的下一刻，休爾米的手突然穿越〈結界〉，直接碰觸到我的機體。像是不小心整個人跌在我身上似的。

倘若我是個擁有肉身的人類，這或許是個頗幸運的場景。然而，看在旁人眼裡，跌在自動販賣機懷中的女子，恐怕只是個普通的怪胎吧……

「怎……怎麼回事？老娘的身體穿過藍色牆壁了耶。你不是將這東西解除，而是只允許老娘一人進入內部嗎？能自由選擇出入者的堅硬外牆。老娘好像在哪聽過這種玩意兒……啊～是哪裡來著？印象中是在帝國……喔，對啦！是結界、結界！有種罕見的加持能力跟這個很像吶！」

「歡迎光臨。」

是說，休爾米博學多聞到讓我吃驚的程度耶。我能明白拉蜜絲那麼想讓我和她見面的理由了。

「阿箱，你太厲害啦。能夠提供各式各樣的商品、改變自己的機型和功能。現在，居然還能使用加持能力。這已經超越魔法道具的範疇了吶。」

被她這麼誇獎，雖然令人開心，但這可完全不是我的實力呢。我只是獲得了一個優秀的自動販賣機身體罷了。真正值得自豪的，應該是休爾米淵博的學識吧。因為這是她靠自己的力量得來的啊。

之後，休爾米又繼續向我提出各種問題。直到深夜，她才露出心滿意足的表情。

在關於新知的好奇心獲得滿足後，她一臉充實地握著手上那瓶提神飲料。因為她看起來亢奮到快要昏厥的樣子，我便追加了這項飲料商品。

而且，這個商品的售價還不低，所以也有著超級顯著的效果。喝完沒多久，休爾米就變得精神極佳。很貴的提神飲料通常都具備速效性，馬上就能看到飲用效果。因為成分富含高度的營養價值，以前感冒的時候，它也是我的愛用品呢。

不過，休爾米似乎也已經撐到極限了。決定就寢的她，在和我有一段距離的長椅上仰躺下來，用一塊破布蓋在身上之後，沒多久就陷入了夢鄉。真是一條女漢子啊。

在一群粗暴男人組成的犯罪集團基地裡，這樣毫無防備的睡姿，感覺也太危險了。該說她是個性豪爽還是……總之，我今天就負責熬夜看守吧。

滿足慾望的方法

我茫然眺望著休爾米發出隆隆鼾聲熟睡的模樣，然後思考接下來的事情。

我想，現在已經可以將她視為伙伴了。在完全解開我的謎團之前，休爾米似乎都能保住性命，所以不用擔心她馬上會被殺害的問題。

根據拉蜜絲的說法，休爾米似乎很喜歡四處流浪。因此，就算她失蹤了，不但不會有人擔心，甚至還可能完全沒人發現這件事。還是不要期待有人會找她找到這裡來比較好。

這樣的話，就只能祈禱熊會長發現我不見了，然後派遣搜索隊來找我。希望拉蜜絲不要因為太擔心而做出傻事才好。

除了拉蜜絲以外，我認為自己也對聚落振興計畫貢獻良多。要是我不見了，聚落便會蒙受損失，振興計畫也會跟著延宕……聽起來雖然像是我在自說自話，但如果村人們也能這麼想就好了。

在我思考這些的時候，被深夜的靜謐籠罩的這個房間，突然傳來細微的「喀鏘」一聲。我朝聲音傳來的方向望去，發現外頭有人扭動門把，然後悄悄把房門打開。果然出現了嗎？

「喂，真的要做啊？」

「你們應該也慾很久了吧？不想做的話就回去啊。」

「不……不是啦，因為那傢伙身材很修長，卻完全沒有曲線吶。而且又髒兮兮的，完全看不到性感的要素啊。」

「我只要有洞就好了。」

「那老大說『不准對她出手』的命令怎麼辦？」

「這種小事，亮刀子出來嚇唬一下，她就不敢說出去啦。」

那些傢伙低聲討論著相當下流的話題呢。一共三個人嗎？「The跑腿小弟」古格伊爾似乎沒有參與其中。畢竟他今天被老大恐嚇了很多次，現在應該很安分吧。

我原本想用最大音量喊出「歡迎光臨」，然後引發一場騷動，但地下室的隔音效果通常都很好，所以，這麼做究竟會不會有效，恐怕很難說。而且，這個房間感覺又像是牢房改建而成的。

而且，要是讓那些人嚇到，他們可能會在驚慌失措之中出手傷害休爾米，又或是為了讓我閉嘴而發狂似的攻擊我。

那麼，該怎麼做才好？那幾個傢伙已經慢慢逼近休爾米，同時以猥瑣的視線反覆打量她的身體。

沒時間了。試試看那個吧。

「喂……喂，等等。那個魔法道具箱在發光耶。」

在伸手觸碰休爾米之前，其中一名男子慌忙拍了拍同伴的背，然後定睛凝視著我。

「咦？怎……怎麼，它換了別的商品……不對，連外型都不一樣了。」

「這……這玩意兒太厲害了！上頭有很精緻的女人裸體畫啊！這邊的則是穿著性感內衣在誘惑人吶。這種體型未免也太色情了吧。」

三名男子紛紛黏到我的機體上，透過玻璃窗凝視著裡頭的雜誌——亦即俗稱A書的商品。

近年以來，因為網路的普及，販賣A書的自動販賣機也變得比較少見。但我很清楚，它們仍悄悄生息在世上的某處。

好，接下來才是重頭戲。我在取物口落下自己精挑細選的六本A書。

「喂，有商品掉下來了！」

「真假？讓我看看。」

「我！我也要看！」

咕哈哈哈哈，他們徹底上鉤啦。說到成人商品，日本在這方面下的功夫可一點都不馬虎。尤其是放在自動販賣機裡販售的相關書籍，因為無法確認內容，所以，要如何用封面吸引客人購買，便成了最重要的課題。

模特兒拍照的姿勢和角度，全都經過精密的計算。生活在這個性產業不算發達的異世界裡的人，在看到這樣的A書之後，又會作何反應呢？

而且，剛才落下的幾本書，都是我從至今買過的商品裡嚴格挑選出來、能夠充滿自信地推薦給他人的雜誌。這類書籍經常會出現內容讓人大失所望的作品，我不知道被騙過多少次了呢！

呃，不是。身為自動販賣機狂熱者，我並非對這種東西感興趣，只是買來作為收藏品之一罷了。我絕對沒有在半夜溜出家門，在確認自動販賣機附近沒有人之後，才掏錢購買喔。

近年來，因為網際網路興起，人們可以在不用耗費太多力氣的情況下滿足自身的性慾。我同樣是這種科技的愛用者，所以或許沒有資格嫌東嫌西的。不過，我還是想說一句話──

辛苦入手的成人娛樂，跟按一下滑鼠就能得到的東西，有著渾然不同的價值！就算是內容和封面相差甚遠、感覺很廉價的作品，就算自己的期待不斷遭到背叛，這些都會確實成為回憶的一部分，然後永遠留在內心！

……其實，負責控管性產業的雪莉小姐之前曾找我商量過相關問題，而這正是我想出來的因應對策之一。雖然我最後也沒有正式套用書籍販賣模式就是了。該怎麼說呢……畢竟這等於是在跟整個聚落宣揚自己的性癖嘛。

「唔喔！這些精緻的繪畫是怎麼回事啊。太厲害了，讓人受不了吶。」

「這……這個波霸……咦，原來還有這種玩法……？」

「真假……真假……真假？」

看到他們熱中的模樣，感覺連剛產生性意識的國中生都會退避三舍耶。這三人忘我地埋首於A書之中，徹底遺忘了休爾米的存在。

到這裡還一如我所料。問題在於接下來的發展。

「我……我不對那女人出手了。我想起自己有點事要辦吶。」

「這……這還真巧。我也突然覺得肚子好痛，所以想放棄呢。」

「那……那我們回去吧。」

不知為何，三名男子全都向前彎下腰，然後雙手各拿著一本A書離開了。我原本還把「他們會因為太亢奮而對休爾米出手」也列入考量，不過，看樣子還是他們對性的好奇心勝利了。

比起冒著危險對休爾米出手，他們或許是判斷用這些A書來滿足慾望比較妥當吧。未曾目睹過的妖豔女性讓人湧現慾望的扮相，以及肉體糾纏在一起的照片，看來對他們造成了不小的衝擊。

畢竟，這類雜誌都會任用身材異常火辣的美女當模特兒嘛。這種時候，可不能提起「最近的照片後製技術愈來愈進步了」這種潑人冷水的意見。

現在，只要再透過某種方法抒發一下，就能讓高漲的慾望冷靜下來了。

要是狀況朝不妙的方向發展，我打算趁他們對休爾米出手之前，試著用噪音或〈結界〉加以干擾。不過，一切順利結束真的是太好了。

大門關上，那三個男人也離開了。休爾米仍在熟睡，對於自己差點被偷襲的事一無所知。如果那幾個傢伙能暫時安分點，就能避免無謂的紛爭了呢。

無法以自力逃出這裡的我，能做到的事情實在少之又少。不管怎麼想，都不可能讓休爾米揹著我行動。除了拉蜜絲以外，沒有人能夠獨自搬運我。

不在身邊之後，我才首次了解到她的重要……呃，說這種話，好像我們是剛分手的男女朋友一樣呢。

到頭來，我能做的恐怕只有爭取時間和干擾行動而已了。我剩下的點數完全不足以兌換其他加持能力。這樣一來，只能仰賴功能了嗎？再把相關內容瀏覽過一次吧。

我一邊對照剩餘點數，一邊思考自己應該再兌換什麼功能。這麼做的時候，不知不覺就過了好一段時間，最後休爾米也醒來了。

「呼啊啊啊啊啊啊啊啊～呼，睡得好飽。你好啊，阿箱。」

休爾米粗魯地搔了搔一頭亂髮，然後舉起一隻手向我打招呼。剛起床的她有些衣衫不整，不過比起性感，邋遢的感覺似乎強烈多了。

她將上半身往後仰，伸了一個大大的懶腰。然而，儘管是向後仰的姿勢，她的胸前卻完全不見隆起的弧度。休爾米不會其實是男兒身吧？雖然她的言行舉止活脫脫是個男人就是了。

「好啦，今天要做些什麼呢？老娘想來研究你的功能……」

話說到一半，休爾米的肚子便發出咕嚕嚕的巨響。她有些不好意思地用手指搔搔臉頰表示：

「抱歉啊。因為怕他們在食物裡摻入奇怪的東西，所以送過來的餐點，老娘都只有稍微吃幾口而已。現在餓得要命呢。」

這樣啊。那麼，讓我來請客吧。從她剛才摩擦自己手腳的動作看來，可能是覺得很冷吧。這樣的話，杯麵應該是不錯的選擇……不過，因為她很餓，還是先給她馬上就能食用的關東煮罐頭吧。

我將關東煮罐頭落下，等到休爾米把它拿走之後，接著再提供杯麵。

「這東西熱騰騰的耶。是完全密封的容器嗎……把這裡折彎，然後拉開……唔喔喔喔！有股讓人食指大動的香味耶。」

休爾米以豪邁的吃相一口氣嗑掉關東煮，又把罐子裡的湯頭喝光，接著才將手伸向杯麵。一開始不知道怎麼食用泡麵的她，最後總算順利在杯中注入熱水，然後盤腿坐在桌上，哼歌等著杯麵泡好。

這段時間裡，休爾米不時打開杯麵蓋子，戳戳泡麵確認它的軟化程度，然後再蓋上蓋子，簡直像個孩子似的。兩三下將泡麵吞下肚後，她看起來感覺還沒吃飽，所以我又讓她試吃麵包罐頭這個新商品。

「筒子裡這個軟綿綿的東西……是麵包嗎！要是連這種東西都有，餐廳鐵定倒光光啊。這種鬆鬆軟軟的口感超好吃吶。」

雖然休爾米的吃相跟優雅一詞差了十萬八千里，但看到她開心享用的模樣，連我都忍不住感到開心。

終於填飽肚皮的她，用一隻手摸了摸微凸的肚子，再將杯麵附的叉子拿起來當作牙籤剔牙，看起來十分放鬆。

這時候，大門喀鏘一聲被人打開，被眾人喚作老大、表情十分威嚴的男子走了進來。

「妳醒了啊。有研究出什麼關於那個箱子的情報嗎？」

「啊啊？為什麼老娘得聽你的命令行事啊！」

在被綁架的狀態下，還能用銳利眼神怒瞪這名長相凶狠的壯漢，休爾米到底有著什麼樣的膽量啊？她看起來沒有半點害怕的感覺。就算說她的心臟是鋼鐵打造出來的，我也不會覺得不可思議呢。

「妳倒是挺有膽量的嘛。如果願意加入我們的集團，我會給妳不錯的待遇喔。」

「很不巧的是，老娘不打算服從惡人，也不打算靠惡人養。」

「喂喂，想逞強也該有個限度吶。妳想跟自己的同伴遭遇到同樣的事情嗎？」

「哈！那些傢伙才不是什麼同伴。只是被老娘僱用的護衛罷了。」

原來休爾米之前有僱用護衛？不過，這應該也是理所當然的。不管怎麼看，那都不是特別經過鍛鍊的體格。這樣的她，不可能獨自在有魔物出沒的階層進行探索。

「不過，雖說他們是用錢僱來的護衛，老娘還是無法原諒殺了那些人的你們！」

「哈！妳一介弱女子，又做得了什麼？我可不是有耐性的人吶。這個嘛……接下來的兩天之內，妳得把這個箱子修好，或是從裡頭撬出金幣。明白了嗎？」

丟下這句話之後，老大便離開了房間。

休爾米用大拇指劃過脖子，做出自己被砍頭的手勢，然後吐了吐舌頭。

只剩兩天時間了嗎？要是不在這段期間想出突破現況的方法，或是讓休爾米的研究有所進展，她就會被殺掉，或是遭遇比死更悽慘的對待。得想點辦法才行。

歸屬之處

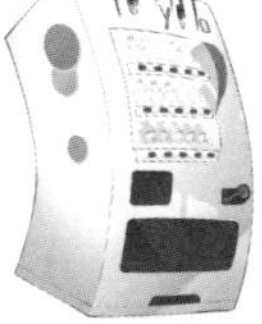

在想不到任何對策來突破現況的狀態下，我迎接了來到這裡之後的第二個晚上。那群綁架犯似乎以為我故障了，所以一次都沒來跟我買過東西。

至於收到A書的那三人，之後只有再造訪這裡一次，還不時地偷瞄我。關於我變形，以及免費提供雜誌給他們一事，這三人似乎都沒有說出去。要是告訴其他人，自己想對休爾米出手的事就會被揭穿。他們八成不想讓老大知道這件事吧。

也或許，他們只是擔心那幾本雜誌被沒收罷了。

休爾米一邊和我對話，一邊進行著我行我素的分析。她這麼做，好像不是為了向老大報告，只是學術上的興趣使然。

那些綁架犯基本上會送早餐和晚餐過來，但休爾米都會將這些食物全數倒進房間一角的木桶裡，再蓋上蓋子。我會提供商品作為她的三餐，所以用不著吃那些難吃的餐點。

順帶一提，我今天提供的晚餐是兩種口味的泡麵和加工洋芋片。雖然也想採購新商品，但在這種情況下，現有點數顯得彌足珍貴。以防萬一，我判斷還是盡可能多保留一些點數比較好。

「咕哈～～今天也吃得好飽。哎呀～你的料理真的很不得了耶。像老娘這種埋頭做研究的人，根本完全比不上啊。」

不得了的不是我，而是食品製造商的能力就是了。

或許是因為這兩天都吃得很飽吧，總覺得休爾米的皮膚比較有光澤了呢。臉頰好像也比較有肉了。雖然她的體型看起來仍然偏瘦，但感覺比一開始的模樣更有魅力。

原本跟稻草差不多的一頭亂髮，現在也變成柔順理想的髮質了。這是使用了我提供的溫熱礦泉水瓶，以及旅館或複合式澡堂的自動販賣機會賣的洗髮精和潤髮乳之後的成效。當然，我也給了她毛巾。

「呼～清爽多啦。」

洗完頭、又把身體擦乾淨之後，休爾米完全不在意身為自動販賣機的我的存在，坦露著上半身，滿足地喝著瓶裝的咖啡牛奶。

洗完澡之後，就是要來一瓶咖啡牛奶。這點我可不會退讓。我重新觀察褪去黑衣之後的休爾米的身體，雖然上半身令人遺憾萬千，但下半身卻散發出十足的女性魅力。安產型嗎……這句話沒什麼深奧的用意就是了。

若是一般男性，應該會對這樣的光景感到興奮異常吧。不過，在變成一台自動販賣機之後，我覺得自己在這方面的情感也變得淡薄了呢。畢竟不知道該如何消除這種慾望，所以這樣也剛好啦。

雖然休爾米看起來一臉從容，但明天早上就是最後期限了。要逃出去的話，今晚恐怕就是最後的機會。由我引開那群綁架犯，讓休爾米乘隙逃走——這是我能想到的最妥善的方法了。然而，我不知道該怎麼將內容傳達給休爾米。

這種自動型溝通障礙是怎麼回事啊。這樣的話，大概只能打守城戰了……如果可以設法把我搬到大門所在處，讓我堵住入口的話，他們應該就很難從外頭開門進來。再加上我能提供食物給休爾米，撐個一星期應該綽綽有餘。

那麼，最大的難題，就在於該如何讓休爾米把我搬到門口了吧。

「反正，船到橋頭自然直啦。阿箱，你別太在意啊！老娘會跟那幫人說明你的價值，再試圖說服他們『只要多花一點時間就能修好』這回事。他們都是一群蠢蛋，所以絕對會上當啦！」

將身體擦拭乾淨之後，神清氣爽的休爾米褪去下半身的褲裝，換上我提供的女性內衣，以及男性尺寸的T恤。

哇啊，只穿著內衣褲，然後在外頭罩上一件寬鬆的T恤……原本渴望在日本親眼見識的這個光景，竟然讓我在異世界體驗到。人果然還是要轉生看看呢。

她身上的內衣褲和T恤，當然也是我過去從自動販賣機買過的東西。啊，我必須強調，女性內衣是我不小心買錯而入手的。我真的要強調這一點。

「這樣實在有點冷啊，套上這個好了。」

在洗完頭然後神清氣爽的時候，她還是要披上那件陳舊的黑色大衣嗎？我有從自動販賣機買過內衣和襯衫的經驗，但沒看過有賣睡衣的機種呢。我想，這種販賣機應該找得到，只是身為狂熱者的我修行還不夠而已。

我不曾看過販賣毛毯或棉被的販賣機，就算真的看到了，也會因為它們體積過大，而不會湧現衝動購物的念頭。這樣的話，我就多給休爾米幾條大浴巾好了。這就是複合式澡堂和旅館中很常見的商品了。

「這種純白又乾淨無暇的東西，會讓人用不下手呢。」

不用客氣，請妳儘管用吧。要不然，現在這樣可能會感冒呢。也不知道接下來會發生什麼事，為了撐到最後一刻，得讓自己保持在最好的狀態才行。

「阿箱，能跟你聊點正經的話題嗎？」

「歡迎光臨。」

休爾米走到我面前，將一枚大浴巾鋪在地上，接著盤腿坐了下來。雖然這種坐姿會讓底褲完全曝光，但她看起來絲毫不在意。嗯，對一台自動販賣機感到難為情的話，也很奇怪就是了。

「要是你打算犧牲自己來讓老娘逃走的話，這種方法可不管用喔。就算能順利逃到外頭，在這種四處都有魔物出沒的地區，你覺得沒有半點戰鬥技巧的老娘能活下去嗎？」

她連我的想法都看穿了啊。雖然我只能表示「是」或「不是」的反應，但畢竟這兩天以來，我也和休爾米聊了不少嘛。她原本頭腦就很好，所以想看穿我單純的思考回路，或許也不是什麼難事吧。

「太可惜了。」

「對吧？所以，就算想逃出去也沒用。只能想辦法多爭取些時間，然後等待千載難逢的好機會到來。在你看來，老娘大概是個有勇無謀的女人吧。明明一點都不強，態度卻很囂張，是個不知死活的傢伙。但老娘可不怕死喔。不，說這方面的情感已經麻痺，恐怕比較正確吧……啊啊！在說些什麼呢。所以，老娘先睡啦！晚安！」

「期待您下一次的光臨。」

休爾米就這樣直接躺在地上，蓋上大浴巾，不一會兒便進入夢鄉。她這種能夠迅速熟睡的能力，就算說是特技也不為過呢。

是說，她剛才的發言感覺別有含意耶。或許是以前曾發生過什麼難以向人啟齒的事吧。既然我沒有能夠打破砂鍋問到底的能力，對於他人不想提起的過去，也就沒有必要深究了。

不知不覺中，已經是深夜了。除了駐守在房門外頭，以及這座形同廢墟的城寨外部的人以外，那些綁架犯應該也都睡下了。想採取行動，就得趁現在。可是，一台自動販賣機又能做什麼呢？根本無計可施啊。

我能做到的事情，大概只有預先想像休爾米遭到處決的情況，等到那些笨蛋再次踏進這裡時，用〈結界〉保護她而已了吧。

因為一直靜不下心來，所以我反覆環顧這個室內，但也只看到老舊的桌椅、書面資料、魔法道具燈和類似工具的物品而已。天花板大約挑高三公尺，牆壁、地板和天花板都是石頭材質，看起來相當厚重又堅硬。

說到逃脫行動，把牆壁鑿穿似乎是最經典的做法，但這麼做的話，不知道要花上幾年的時間才會成功。到頭來，不管審視周遭環境多少次，我還是想不出能突破現狀的好方法，半放棄地湧現「只能這樣等待明天到來了」的念頭。

就在這時，一陣細微的聲音傳來，我的機體甚至還跟著輕輕搖晃了一下。咦，剛才那是……？雖然很小聲，但我似乎聽到了什麼東西迸裂開來的聲響。

豎起實際上不存在的耳朵之後，我再次聽到遠處傳來某種爆炸聲，以及劍戟相交的金屬摩擦聲。

「喂，什麼聲音啊？」

「是從上面傳來的！」

焦急地開口對話後，看守人往樓上跑的腳步聲逐漸遠去。難道有人來攻打這座城寨了嗎？

這樣的話，得把休爾米叫起來才行。

「如果中獎就能再來一瓶！如果中獎就能再來一瓶！如果中獎就能再來一瓶！」

「啊噫？咦，什麼什麼？咦？喔……怎……怎麼啦，阿箱？」

休爾米用手抹去口水，帶著一臉茫然的表情望向我。因為無法好好說明，所以妳先來一罐起床後的咖啡吧。

「喔，不好意思啊。咕哈～～～起床後來一罐這個超爽的！」

她還是一如往常像個大叔呢。但這種事現在怎麼樣都無所謂。從現況來判斷，恐怕只有遭到敵襲的可能了吧。問題在於那票綁架犯迎戰的對手是誰。

關於前來攻打的敵人身分，大概也只有兩種——這個階層的魔物，又或是其他獵人。

聚落變得朝氣蓬勃，便意味著像那群綁架犯的惡徒，也可能會為了牟利而混進聚落裡頭。假設將我偷走的這些人不是初犯，而是曾多次幹下犯罪勾當的人，他們便有可能是已經被鎖定的犯罪者。

可是，若說是巧合的話，我的運氣未免也太好了。那麼……

啊！難道是在刻意等他們把我偷走嗎？我這個賺了一堆錢的鐵塊，感覺是再理想不過的搖錢樹了。無法透過自力行動或反抗的巨大存錢筒，就這樣被設置在路旁。這根本像是在慫恿犯罪者對自己下手啊。

而且，想把我偷走的話，需要不少的人力。而我異常的重量，也得花一番功夫來搬運。作為誘餌，或許沒有比我更能勝任的存在了。

咦，我該不會是被熊會長想出來的作戰計畫給利用了吧？可是，他應該會事前告訴我才對啊。不對，或許是想來告訴我的時候，正好看到他們把我偷走，所以選擇將計就計？無論如何，如果這樣的預測完全命中，我們就能得救了！

「這聲音……上頭有人起了爭執嗎？」

總算清醒過來的休爾米，帶著一如往常的犀利眼神移動到房門旁，豎起耳朵傾聽外頭的動靜。

「果然有人在打鬥吶。雖然不知道是誰，但這或許是個好機會。」

她的意見也跟我一樣嗎？這時候，要是兩派人馬全都同歸於盡，就是最傷腦筋的狀況了。這樣一來，我們就會一直被關在這個地下室。

從剛才開始，休爾米便努力試著打開房門。但這扇門似乎從外頭鎖住了，所以完全無計可施。

「……箱──────！」

咦，這聲音是……這個熟悉的嗓音讓我瞬間回神過來。而休爾米似乎也想到了什麼。她皺起眉頭，整個人緊貼在門板上，專心聽著外頭的聲音。

「阿——箱——————！你在——哪裡咧——————！」

這個從厚重房門的另一頭傳來、令人再熟悉不過的宏亮嗓音是——

「拉蜜絲？」

沒錯，是拉蜜絲的聲音！我不可能認錯她的嗓音。也就是說，現在和那票綁架犯戰鬥的，正是其他獵人！我們得救了！

「啊，咦？那孩子怎麼會……她在獵人協會裡工作嗎？而且，她剛才在大喊你的名字呢，阿箱。難道你們認識？」

「歡迎光臨。」

「喔喔喔，這樣啊！那麼，我們可得避免自己變成礙手礙腳的存在吶。要是被當成人質，可就不是開玩笑的了。」

休爾米撿起前一晚脫掉的衣物，然後將背靠在我的機體上。她或許判斷待在我身旁是最安全的做法吧。

「要是有個什麼萬一，你會保護老娘吧！」

「歡迎光臨。」

包在我身上。說到「保護」這項任務，我可相當有自信呢。

武器交鋒的聲響和咆哮聲愈來愈清晰了。偶爾傳到地底的震動，很可能就是來自拉蜜絲。如果卸下手上的負重物而使出全力的話，對她來說，幾近瓦解的城寨外牆或是柱子，可能就跟保麗龍沒什麼兩樣呢。

「情況可能不太妙吶。」

盯著天花板看的休爾米突然這麼說道。被她這麼一說，我也跟著望向天花板，但看不出有什麼異狀。雖然有些粉塵不斷落下，但看起來還不到會崩塌的程度。

「這上頭的空間是倉庫，那群人渣把搜刮來的硬幣都堆在倉庫裡。如果只是這樣倒還好，但那些白痴還囤積了有瑕疵的魔石……別名爆石的東西。所謂的魔石，是用來當作魔法道具的燃料的一種石頭。偶爾會出現內部的魔力流動不太對勁的魔石，這種東西就無法當作燃料使用。要是一個沒弄好，爆石很可能讓魔法道具出現異常，甚至完全故障。」

這個世界還有魔石啊。我原本還很好奇魔法道具的動力來源，原來是這樣的構造原理。

「然後呢，這種有瑕疵的魔石使用上相當困難。有些企圖將其作為兵器使用的國家，甚至還發生過貯存爆石的倉庫爆炸，結果將周遭的設施一併炸飛的事件吶。所以，發現爆石就要立刻處理掉，現在成了人們的常識之一……不過，那些一無所知的傢伙，還把商人充當魔石賣給他們的幾顆巨大爆石小心翼翼地存放在上頭的倉庫裡。很蠢吧？」

倘若這是事不關己的情報，我倒還能用一句「真的很蠢耶～」帶過。可是，這也就代表我們的正上方存放著好幾顆未爆彈……未免太蠢了吧！

「那麼，你明白只要施以強烈衝擊，爆石就會很不妙的事了吧？要是上方的屋頂崩塌，然後壓到爆石的話……」

啊，嗯，不用繼續說明下去了。拉蜜絲小姐，能請您稍微控制自身的力道嗎！

總覺得有東西遭到破壞的聲響跟震動愈來愈靠近了耶！

「啊，這真的超級不妙喔。」

在休爾米這麼喃喃開口的瞬間，天花板隨著一聲巨響崩塌下來。

身為自動販賣機狂熱者

震耳欲聾的爆炸聲充斥著整個地下室。我望向天花板，發現上頭布滿了像蜘蛛網般密密麻麻的龜裂痕跡。

啊，這是很糟糕的情況！

「要……要塌下來了！呀啊啊啊啊！」

休爾米的尖叫聲還挺可愛的，但現在不是說這些的時候。〈結界〉起動！

淡藍色的牆壁在千鈞一髮之際將我籠罩住，崩塌下來的天花板也被〈結界〉彈開。在完全無法判斷來源的巨響包圍下，休爾米掩著耳朵蹲在我的身旁。

待聲響平靜下來之後，我們也完全被掩埋在瓦礫碎石之下。照理說，被活埋的我們，應該會處於光線照不到而一片漆黑的環境之中。但因為我的機體透出來的光亮，周遭呈現清晰可見的狀態。

「得……得救了。你真是個有為的男人耶，阿箱。」

休爾米以拳頭輕捶我的機體。儘管還是不能徹底放心的狀況，至少我們撐過最危險的時刻了。不過，接下來才是問題。

食物供給這方面不成問題。關鍵在於〈結界〉的起動時間。我目前剩餘的點數不足一萬點，想維持每秒鐘消耗一點的〈結界〉，仍相當有限。一小時必須消耗三千六百點的話，如果無人在三小時以內把我們挖出去，我們就會真的被瓦礫堆活埋。

要是只有我在這裡……把堅硬度再提高一點，或許還能熬過去。然而，我完全沒有做此選擇的打算。要是在這裡對休爾米見死不救，我一定會後悔一輩子。正因為失去了人類的外表，我才希望自己能繼續保有一顆人類的心。

而且，我不想看到拉蜜絲哭泣的模樣呢。

「阿箱，你能一直維持這個結界嗎？」

「太可惜了。」

這時候對她說謊也無濟於事。我必須盡可能向休爾米說明現況，然後尋找能夠讓我們一起得救的方法。

「撐不了一小時嗎？」

「太可惜了。」

「只能兩小時？」

「太可惜了。」

「三小時左右？」

「歡迎光臨。」

「是嗎，大概只能撐三小時啊……感覺時間很緊迫吶，真是棘手。」

沒錯，我們沒有時間。在時間用光之前，得設法突破現況才行。在自動販賣機的商品裡，能夠協助我們從這裡逃出去的道具——一個都不存在。

儘管很殘酷，但這或許就是現實吧。就算想兌換其他加持能力，剩餘點數也呈現壓倒性的不足。要是能追加讓自己長出鑽頭的能力，狀況就不一樣了，但當然不可能有這種事。就算真有這種功能可選，恐怕也需要相當大量的點數吧。

不管怎麼想，似乎都已經走投無路了。不過，還不能放棄。如果可以將某些功能相互配合的話……

「喂，阿箱。你該不會是需要用錢來維持加持能力吧？你之前也說過，那些賺來的錢還有其他用途？」

「歡迎光臨。」

噢，我確實提過這件事呢。當然，如果能獲得大量硬幣的話，就可以把它們轉換成點數，用以維持〈結界〉。可是，休爾米說她的錢財和行李全都被沒收了，所以能這樣利用的硬幣，也不存在於任何地方。

「果然如此嗎？那麼，說不定還有辦法吶。阿箱，你看看上面。」

說不定還有辦法？雖然實在無法相信她的說法，但我還是將視線往上移動，看著前身是天花板的一整片瓦礫碎石。這些破磚殘瓦有什麼——咦，這是……

「有看到嗎？那八成就是滿硬幣的袋子吶。記得老娘跟你說過的嗎？這上頭是倉庫。」

啊……哦～這樣啊。因為正上方是倉庫，才會引發這麼嚴重的崩塌事件。然後，既然地板塌陷了，原本存放在倉庫裡的東西往下掉，也很合情合理。

那麼，我允許這只袋子進入結界！

巨大到幾乎能塞下一名孩童的袋子應聲落地，滿滿的金銀銅幣跟著從袋口溢出。好～～！只要有這些錢，就能放心維持〈結界〉了。光是這些滿出來的硬幣，就足夠讓我撐一整天了吧。

接下來，就把商品的單價都改成金幣一枚起跳吧。

「好～老娘要來盡情買自己想要的東西啦！」

大量的金幣、銀幣和銅幣被投入我的體內，點數也以令人難以置信的速度不斷上升。雖然我判斷這些錢恐怕是透過非法行為得來的，但因為也無法將它們一一還給被害人，所以還是讓我有意義地運用吧。

要是那票綁架犯的老大最後平安生還，然後得知自己攢來的錢全都被花光了，搞不好會崩潰呢。

〈結界〉的問題解決了。撐個三天的話，或許就能讓拉蜜絲搬開這堆瓦礫，把我們挖出去了。而且，我又能持續發出聲音，相信外頭的人應該沒多久就能發現我們。

在性命安危獲得確保後，我終於也能放鬆心情了。接下來，就靜待救援吧。

◆

之後，休爾米完全進入放鬆狀態，懶洋洋地啃著定價超過一枚金幣的超昂貴加工洋芋片，飽食一頓後就睡著了，所以現在很安靜。

「呼……呼……呼……呼……感覺……有點……呼吸困難……」

咦！休爾米的臉色好差啊。呼吸變得很急促的她，以手按著自己的額頭，表情看起來也很痛苦。到底是怎麼回事？她剛才明明還那麼有精神……啊啊，我是白痴嗎！

因為自己變成機械身體，讓我犯下一個相當愚蠢的錯誤。現在，休爾米陷入了缺氧狀態。不同於我，人類是需要呼吸的生物。如果待在被成堆瓦礫掩埋而密不通風的這個空間裡，人類可活不久。

可惡！稍微動點腦，就能注意到這件事了啊。因為自己不會死，竟然就這麼粗心大意，讓休爾米暴露在危險之中。

「頭好痛啊……呼……呼……呼……」

該怎麼辦？這下時間比剛才還緊迫了啊。要是休爾米因為缺氧而暈過去，我就真的什麼都做不成了。如果氧氣不足的話……氧氣……對啦！

我記得有這個功能存在呢。原本以為派不上用場，但在這一刻，我從未如此慶幸自己是個自動販賣機狂熱者。

我的機身轉換成有些復古的樣式。變成這個實在算不上有設計感的立方體外型後，我的機體上方顯示出一行漢字。

「氧氣自動販賣機」。

我的身體中央多出一條細細的管子，另一頭則是連接著能確實罩住口鼻的面具。把這個面具套在臉上，就能夠吸入氧氣。

「呼呼……這……這個是……做什麼的……」

原本是投入五十圓，就能供應三千cc氧氣的系統，但這次當然是免費提供。我開始不停釋出氧氣。就算休爾米沒能察覺也無所謂，只要能讓這個空間裡有足夠的氧氣即可。

「呼……呼……有什麼……呼……呼……呼……從這裡出來……是……呼……呼……要我吸它嗎……」

「歡迎光臨。」

休爾米用面具緊緊套住口鼻，貪婪地吸著新鮮的氧氣。於是，她原本痛苦的表情也慢慢緩和下來。太好了，應該不要緊了吧。

呼～～～～緊張死了。過去，看到自動販賣機相關的博物館或是博覽會，我就會毫不猶豫地衝進去，還加入了自動販賣機狂熱者的社群。真是不枉我當初有這麼做啊。

這樣的氧氣自動販賣機，是實際存在於昭和四十年前後的機體。那時，因為日本的空汙問題相當嚴重，作為因應對策，政府似乎就在銀座設置了這樣的自動販賣機。

就我所知，這算是能列入奇特自動販賣機前幾名的珍貴機種。

因為囤了很多點數，就算在起動〈結界〉的同時持續供應氧氣，也不會有問題。接下來，就放心等拉蜜絲過來救我們吧。當然，我會先調查還有沒有自己疏漏的地方。

我隨時都能提供食物給休爾米，而她已經購買的商品也多到堆得滿地都是，所以這方面暫時無虞。現有點數也遠遠超過所需的量。為了在發生異常時隨即做出對應，我會暫時維持不眠不休的警戒模式。這樣就萬無一失了吧？應該沒有其他漏掉的地方了……大概？

令人悲傷的是，至今為止的過程都有點慘烈，讓我無法斷言。不過，就算又出錯了，只要還能彌補就沒問題。我暗自發誓，在順利得救之前，絕對不能再掉以輕心。

「謝啦，阿箱。該怎麼說呢……如果你是人類的話，或許真的很不妙喔。」

看著癱坐在地上的休爾米以略微害臊的表情仰望我，儘管身為一台自動販賣機，我的胸口

——裝置卻有種加速運作的感覺。不過，無論是物理還是心理，我能夠仰賴的對象，還是只有拉蜜絲呢。

現在，她會不會因為擔心我被壓毀而哭出來了呢？拉蜜絲也知道我的〈結界〉很堅固，所以應該不要緊。希望她沒有太亂來才好。

這時，從上方傳來的奇妙聲響打斷了我的思考。類似堅硬物體被劈開的喀啦喀啦聲，和重低音混在一起，還有聽起來像是重物落在地上的巨響。

不過，這些聲音隨即消失無蹤——被某個少女的吶喊聲蓋了過去。

「阿箱！在哪裡、你在哪裡！就算沒有平安無事，也出聲回應我一下！」

這種悲痛的嗓音……她在哭嗎？真是的，為了一台自動販賣機落淚，連身為狂熱者的我都要退避三舍了。

「呼哈哈哈哈！拉蜜絲在呼喚你喔，阿箱。回應她一下吧。」

休爾米從地面起身，然後用力拍了拍我的背。

上方的瓦礫堆被人一把撥開，接著，在魔法燈照耀下，拉蜜絲朝下方探出頭。她的臉上滿是淚水和鼻水，充血的眼球紅通通的，雙眼也因為哭泣而腫得像核桃一樣。一眼就能看出她有多麼擔心我。

「阿——箱——————！」

她毫不猶豫地從上方朝我撲過來。允許拉蜜絲進入〈結界〉後，穿過藍色牆壁的她猛地撞上我。

《傷害值25。耐用度減少25。》

咕哈！咕……傷害值比我想像的還要高呢。不過，這時候應該更懂得察言觀色啊，傷害值報告。

「對不起……對不起喔。都是因為我沒有把你顧好，才會發生這種事呢。」

不用在意這種事啦。另外，妳這樣緊抱著我，雖然讓人很開心，但我的身體好像因為強烈擠壓而發出不太妙的聲音了耶！

《傷害值10。耐用度減少10。》

……來恢復一下耐用度好了。要是繼續放任這樣的情況，有可能會失去好不容易得救的這條命呢。先冷靜一點吧，拉蜜絲？

「謝謝惠顧。」

「對不起……對不起喔。你沒事真的太好了～」

面對嚎啕大哭的拉蜜絲，雖然我沒有能緊擁她的雙臂，也無法道出安慰的言語，但我打從內心覺得，能和她相遇真的是太好了。能再次見到妳，我覺得很開心喔，拉蜜絲。

◆

阿箱……雖然是個與眾不同的魔法道具，但它身上實在充斥著太多謎團了。

擁有自我意志的魔法道具。好像是有人類靈魂寄宿其中。不過，話說回來，這個箱子究竟是什麼玩意兒？由完全不曾看過或聽過的材質打造而成的容器裡頭，有著人們至今未曾品嚐過的滋味，而且還美味無比。

儘管對自己腦中的知識量還算有自信，但這般不可思議的箱子，可沒有一本書曾經出現相關記載。要是能打造出一台和阿箱具備同等功能的魔法道具，絕對會成為億萬富翁吧。

寄宿在這種魔法道具之中的人類靈魂。只能透過「是」或「不是」和他人溝通，雖然令人有點焦躁，但還是能感覺出這傢伙是個好人。

從以前，拉蜜絲就能憑直覺分辨善人和惡人。既然她這麼黏阿箱，就代表阿箱應該不至於是個壞蛋吧。

現在，被拉蜜絲緊擁著的它，儘管機體不斷發出金屬擠壓的聲響，仍沒有開口抗議，而是靜靜承受著。讓老娘免於被瓦礫堆活埋，還卯起來救老娘一命，不可思議到極點的魔法道具。

阿箱，你到底是什麼來歷啊？它能夠將金錢轉換成自己的能力，這點應該錯不了。對了，它

好像還有加持能力嘛。而且還是只出現在傳說中、名為〈結界〉的絕對防禦壁。

將謎團一個個重疊，讓旁人霧裡看花的神祕存在。

身為一名魔法道具技師，阿箱是個讓人無法不燃燒靈魂來研究的對象。

如果有它在，就無需為吃喝擔憂，還能即時享用到美食。再加上它又有〈結界〉，就算發生緊急狀況，也不需要擔心自己會受傷。

因為本身重量很驚人，所以在一般情況下，連想要搬運它都很困難。不過，拉蜜絲的怪力可以解決一切。接下來，他們倆的組合或許會變得愈來愈出名吶。

像阿箱這樣的存在，老娘判斷獵人們包準會相當需要它。被知名的獵人團隊挖角，大概也只是時間問題了。能免於斷炊的憂慮、又有〈結界〉的絕對防禦壁庇護，這樣的特質，恐怕讓人無法忽略吧。

日後，拉蜜絲身處的環境可能會和之前截然不同。身為兒時玩伴，也該成為她的助力才是。畢竟老娘也欠阿箱不少人情嘛。

除此之外，老娘也得徹底分析阿箱的能力，拯救被封印在這個魔法道具裡的靈魂吶。

「拉蜜絲，差不多該放開它嘍。阿箱的身體不斷發出哀號吶。」

「不行啦，休爾米。如果我放手，它又不知道會跑到哪裡……咦，妳怎麼會在這裡？」

妳現在才發現老娘啊？真的是單純到令人炫目的程度耶，妳這傢伙。

不過，就是這種純粹的個性讓人放不下吶。老娘也暫時跟她待在一塊兒好了。看到拉蜜絲如此執著於阿箱，老娘也對它更有興趣了呢。

「唉，總之呢，之後也多指教啦，阿箱。」

老娘這麼說，然後輕捶阿箱的機體一下。結果它在下方的取物口落下一瓶甜膩的飲料。

不，老娘不是在跟你討食啦……

終章

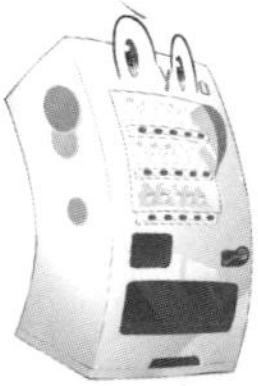

「真罕見耶，團長竟然會幫忙沒有賺頭的任務。」

戴著帽簷很寬的帽子的鬍渣男身旁，一名蓄著男生頭的女性探頭觀察地板上的大洞，同時不解地這麼說。

「妳啊……我可是一直都對他人很溫柔，也對自己很溫柔的男人喔。」

單腳踩在瓦礫堆上的鬍渣男，以手指彈起帽簷，似乎是打算裝帥。然而，團員們的反應都相當冷淡。其中的兩名青年更是露骨地重重嘆了一口氣。除了一頭紅髮和白髮以外，這兩人外觀上幾乎一模一樣。

「因為團長相中了阿箱先生的價值。各位應該沒有忘記我們的目的吧？」

另一名女性輕撫自己動人的藍色大波浪捲長髮，開始面無表情地向其他團員說明。

「為了打倒這裡和其他階層的……階層霸主，我們的遠征行動需要阿箱先生。在這種關頭施恩惠給他們的話，之後也會比較好挖角——這就是團長骯髒……深謀遠慮的做法。」

「菲爾米娜副團長，妳剛才是打算損我一番嗎？」

「怎麼會呢，凱利歐爾團長。我可是對你百依百順的下屬呢……大概吧。」

儘管道出最後一句話的聲音很輕，但團長似乎還是聽到了。他太陽穴上的青筋因此微微抽動。

「不過，如果能利用那個魔法道具的話，遠征真的就會很輕鬆呢！」

「對吧、對吧？我們有自己的目的。為此，無論必須做出什麼事情、必須使出何種手段，都要讓目的達成。為了實現我們——愚者的奇行團的願望，阿箱是不可或缺的。」

說完這句話的同時，原本豐富的表情瞬間從團員們的臉上褪去。直到剛才都還在開玩笑的這群人，現在全都成了以犀利眼光鎖定獵物、宛如猛獸般的獵食者。

他們就這樣靜靜地看著——看著那個在崩塌洞穴中被少女緊擁著的魔法道具箱。

後記

現在，正在閱讀後記的你，不知道是什麼樣的人呢？就算是已經在「成為小說家吧」的網站看過故事本篇的人，也請儘管放心，因為本作還有額外追加的小插曲。倘若是首次將這部作品看完的人……覺得故事內容如何呢？若能讓您覺得有趣，我就很滿足了。

至於還沒看過故事內容就先來閱讀後記的讀者，我的朋友也是這種類型的人呢。在此，我來揭露一個會令人錯愕不已，並想去閱讀故事內容的真相吧。我只在這邊告訴各位喔，其實本作的主角是一台自動販賣機呢……你說看書名就知道了？那真是失禮了。我剛才的說明實在不夠充足，請容我稍微介紹這個故事吧。

雖然跟剛才的說明有些重複，但本作主角是一名自動販賣機狂熱者。因這樣的嗜好而喪命後，不知為何，這個男人轉生成一台自動販賣機。順帶一提，第一次告訴朋友這樣的設定時，對方回了一句「你又在寫奇怪的東西……」這種令人不勝感激的話。

變成自動販賣機之後，孤獨佇立在異世界湖畔的主角，遇上了身為女主角的拉蜜絲。一台和一人相遇之後，故事就開始了。

我覺得自己很完美地統整了故事大綱呢，各位的感想呢？

因為主角是一台自動販賣機，所以無法自力行動，也沒辦法好好跟他人對話。這樣的角色，或許不太適合擔任主角呢。不過，不為這樣的逆境屈服，在不斷奮戰後繼續往前進的精神，我想就是本作在「成為小說家吧」上受到眾多好評的原因。

我自以為是地認為，「對明明是帥哥卻自稱沒桃花運的主角感到厭煩」的讀者們，本書應該是值得推薦的一部作品。不過，在我眼中，本作主角其實也有著相當帥氣的外表，但很少有人跟我持相同意見。

那麼接下來談點完全不同的話題吧。我會以成為小說家為目標，是基於相當特殊的契機。

幾年前，我還在父親自營的公司幫忙，過著雖然窮困，卻忙碌得很充實的日子。然而，某一天，我父親在工作時從高處墜落身亡，我也陷入了必須馬上繼承家業的命運。

突然肩負起社長的重責大任，再加上看到父親在眼前墜樓、喪命的光景，讓我開始畏懼高處，工作內容也跟著讓我感到萬分痛苦。而且，公司的營運狀態原本就不甚理想。當時，我不知見證過多少次殘酷無情的人間冷暖，以及人類在牽扯到金錢時表現出來的醜惡嘴臉。我還記得，那時的我肉體和心靈都疲憊不堪。

在這種狀態下，更不可能好好工作了。不到半年，我父親的公司便關門大吉。被剩餘的業務內容和善後工作追著跑的我，就這樣過了一年。感覺胸口被掏空一個洞、過著像行屍走肉般的生活時，有一天，我突然這麼想——每個人都跟我的父親一樣，不知何時會邁向死亡。至今為止的人生中，我有好好完成自己想做的事嗎？這樣的疑問從我的腦中閃過。

我想做的事是什麼？都已經老大不小了，還想追逐夢想，不會顯得很愚蠢嗎？儘管內心懷抱著這樣的糾葛，我仍持續尋找著問題的答案。

無力地待在家中發呆的某一天，不知為何，我突然想起自己從以前就很愛看書，然後開始提筆寫小說。

現在回想起來，這或許只是一種逃避現實的行為吧。不過，寫著寫著，故事開始在我腦中浮現，將其轉換為文字的過程也愈來愈讓我樂在其中。不知不覺中，我開始埋首創作。

將故事實際寫出來之後，「想讓別人看到」的慾望也跟著膨脹起來。在我思考有沒有相關手段時，我找到了「成為小說家吧」這個小說投稿網站。

接下來，就是一連串苦難的開始。我最先投稿的作品，是一部「主角是被傳送到異世界的勇者」的小說。儘管我老王賣瓜地表示自己很滿意這部作品，但願意給予好評的讀者卻沒幾個人。

於是，我換個心情，改變自己的寫作風格，投稿了一篇以近未來為背景，有養眼要素又與眾不同的戰鬥故事。然而，這部作品的評價比第一部作品還要差。

至此，我深深感到挫敗，但也決定要一直努力到自己能夠接受的程度再放棄。之後，我開始收集受歡迎作品的情報，然後完成了新的作品。

結果，這部作品收到了過去完全無法比擬的熱烈好評，甚至還創下單日排行榜冠軍的輝煌紀錄。那部作品原本只差一點就能夠出版實體書了，但因為各種緣由，我最後還是選擇放棄。不過，曾經走到這一步的事實，也成為我自信的來源，讓我之後陸續完成了各種作品。追求自我風格的嚴肅故事；節奏活潑、常有驚人發展的故事——雖然這些作品都獲得了一定程度的好評，但終究沒能邁入出版實體書的階段。回過神來的時候，打從自己開始投稿，已經經過了四年時光。

我在內心暗自決定，要是在今年生日之前，還無法接到出版實體書的洽談，就放棄寫小說吧。得選擇更踏實過日子的方法才行。這也是為了身邊那些被我添了不少麻煩的親友。

既然是最後一部作品，就不要想得太複雜。即使是突發奇想的內容也無妨，寫自己想寫的小說吧。基於這樣的想法，我完成了《轉生成自動販賣機的我今天也在迷宮徘徊》這部作品。最能夠獲得好評的，並非仔細調查讀者的需求，在百般苦思後擬定完整大綱的作品，反而是追求自我風格的作品——我明白了這個世界果然無法讓人稱心如意、卻也因此才有趣的事實。人生真的不知道會發生什麼事呢。

那麼，最後，我要向和本作相關的各界人士致謝。

負責繪製插圖的加藤いつわ大人。看到自己筆下的角色竟然如此有魅力，實在讓我震驚不已，還忍不住反覆看著角色插圖，然後露出賊笑呢。

願意認同本作的責編M大人，以及Sneaker文庫編輯部的各位。出版實體書的夢想能夠實現，都是託大家的福。

給我建議、幫忙想哏的S大人、原本打算保密，卻還是忍不住告訴她的母親，以及我家可愛的貓咪們，謝謝你們。

還有其他和本書相關的眾多人士，真的非常感謝各位。

最後，我想感謝在「成為小說家吧」網站上表示喜歡這部作品的各位讀者。都是因為各位的加油和鼓勵化為我的力量，最後才能夠走到出版實體書這一步。我認為自己是「成為小說家吧」上頭最受到讀者照顧的作者了。今後也請各位繼續陪我走下去。

也感謝選擇了本書的各位！

——爸。雖然無法作為公司倒閉的賠罪品，但我在此將本書獻給你。

昼熊

輸給A書的
休爾米大姊頭
實在太可愛了。

國家圖書館出版品預行編目資料

轉生成自動販賣機的我今天也在迷宮徘徊 / 晝熊作；咖比獸譯. -- 初版. -- 臺北市：臺灣角川, 2017.03-

冊；　公分

譯自：自動販売機に生まれ変わった俺は迷宮を彷徨う

ISBN 978-986-473-586-0(第1冊：平裝)

861.57　　106001107

Kadokawa
Fantastic
Novels

轉生成自動販賣機的我今天也在迷宮徘徊 1

（原著名：自動販売機に生まれ変わった俺は迷宮を彷徨う）

2017年3月20日 初版第1刷發行
2023年6月30日 初版第2刷發行

作　者：昼熊
插　畫：加藤いつわ
譯　者：咖比獸

發行人：岩崎剛人
總編輯：蔡佩芬
編　輯：黃怡珮
設計指導：陳晞叡
印　務：李明修（主任）、張加恩（主任）、張凱棋
發行所：台灣角川股份有限公司
地　址：104台北市中山區松江路223號3樓
電　話：（02）2515-3000
傳　真：（02）2515-0033
網　址：www.kadokawa.com.tw
劃撥帳戶：台灣角川股份有限公司
劃撥帳號：19487412
法律顧問：有澤法律事務所
製　版：巨茂科技印刷有限公司
ISBN：978-986-473-586-0